UN ALTRO MARE

Claudio Magris

另一片海

［意］克劳迪奥·马格里斯————— 著

成沫————— 译

上海译文出版社

献给弗朗切斯科和保罗

第一章

Αρετή τιμήν φέρει，美德带来荣誉。若要遵循良好的语文学规范，那么更贴切的翻译当自德语译出：Tugend bringt Ehre。康拉德·努斯鲍默教授确实要求他们用德语来进行翻译。在这里，此种做法理所当然。在旧戈里齐亚帝国高中昏暗的教室里，课桌摆放整齐划一，如同墙上的日历，每日被校工轻巧地撕去。墙壁上的灰色不知是本来就有的颜色，还是某种色彩褪去后的残迹。

也许就是从那时开始，每次进入教室时他总有一种缺失感。书桌上的墨水瓶是独眼巨人漆黑深邃的眼睛，但墨水在玻璃瓶内壁上留下蓝色的印迹，让人想到遥远的大海，甚至是一出学校就能轻松抵达的科利奥山。想要投身那片蓝色的欲望掏空了在教室里的时间——他急切地等待着那段时间尽快结束，那只是事物的痛苦与虚无，静待着成为过往。

现在，他四周别无他物，唯余茫茫大海。这不再是皮兰和萨武德里亚那儿的亚得里亚海，几个月前，一切都是在那儿发生的。这里甚至已不是地中海，那片受制于希腊语不定过去时与拉丁语时态一致性规则的海，他对这些规则比对意大利语或德语都更为熟悉。这里是单调无垠的大洋。幽暗处的巨浪，白色的浪花，一只飞鸟的翅膀坠入黑暗。数个小时以来，他待在甲板上纹丝未动，对于那些毫无变化的东西没有丝毫厌倦。船首劈开水面却没有到达水面，仿佛掉进了在它下方大开的沟槽的空隙里。浪花击打在船体侧面，发出低沉的声音。

现在是夜晚，什么也看不见，但在稍早些时候，透过在艳阳下半闭着的眼睛和眼皮下暗红的光斑，属于天空与大海的深邃蓝色似乎成了黑色。除此之外，整个宇宙都是幽暗的，只有双眼，这位老语文学家的眼睛，在忙着将不可见的波长转译为光线与色彩。在正午时分亦是如此，海洋折射着耀眼的光芒，同样什么都看不见。这是一种魔咒，是诸神显现的时刻。

他不知道，伴随着这样的逃亡，他究竟是在开启他的生命还是在将之终结。他的履历上写着：恩里克·穆罗伊勒，一八八六年六月一日生于鲁比亚，父格里高利·穆罗伊勒（已故），母朱莉亚·费尼尔。自一八九八年起居住于戈里齐亚彼特拉克街3/1号，高中毕业于戈里齐亚帝国高中，等等。这样一些确凿的信息，也许此时很难继续罗列下去，并非因为他想要删去自己过往的痕迹，或避开不知何人的探查，而是因为，那片幽暗的海在他身下发出规律的声音，自海中升起一种难以抗拒的漠然感，将他包裹其中，而对他的一切都毫不在意。他为此感到骄傲，这是一种无名的美德，并不属于他，但在某种意义上为他带来了荣誉，恰如努斯鲍默教授在翻译练习中喜欢提及的那句话。

恩里克于一九〇九年十一月二十八日出发，自的里雅斯特港上船，前往阿根廷。他几乎没有告知任何人，只与母亲说去希腊旅行需要一笔钱，他要去那里为他的学业画上句号。他在因斯布鲁克和格拉茨完成了古典语文学的学习。如今，在父亲去世多年后，他的家庭因在戈里齐亚还有几所磨坊，仍维持着相对富裕的生活。另外，金钱也是母亲唯一能够给予他的支持了。

母亲更喜欢弟弟，只因为他是幼子。但对于他们俩，同时也对于他们的姐姐来说，他们都很难去亲吻那张饱含酸楚而非母性的脸庞。在她的唇间与脸上有种痛苦的神秘感，在每一颗难以付出爱意的心中都会存在。这是一种尖酸的痛苦，不能激发任何同情，但当他在甲板上看着船尾航行的轨迹迅速被黑夜吞噬，恩里克决定不再去想那张脸，不再去想那些尚未结清的相互亏欠，还有那些纠缠着彼此的种种误会。那些想法在船的桅杆与黑暗间消失了，永远地消失了。奇怪的是，这个重获自由而毫发未伤的过程竟如此简单，而随后，那份略带懊悔的讶异也消失了。现在他只感到懒怠，在夜风与海浪声中感觉困倦。

从的里雅斯特出发时，只有尼诺来送他。在船长室应该有六分仪，可以通过测量地平线上方星辰的高度在海上辨识方位。这些星辰随着船只南行，不知不觉间变得愈发低垂。恩里克试图去想象那个六分仪以及其他仪器，用来在海上辨明方向避免迷失，在这片辽阔而恒久不变的水面上，知道自己身在何处，知道自己究竟是谁。他的生命，在大洋的此处与彼端发生的任何事情，一切都将是那间阁楼上的三角函数。他们三人曾每日在阁楼上相聚，卡洛、他和尼诺。

　　最初他们在学校相识的时候，卡洛在学生册上的名字还是卡尔·米歇尔施塔特，很快，他便成为了"我曾一直找寻的挚友，占据了我的全部空间，代表着整个世界"，这是恩里克出发前在信中写下的句子。他们所共有的对世界的评判，便是他们最大的愿望、惊奇与快乐。在戈里齐亚尼诺家的阁楼上，他们三个人一起用原文阅读荷马、悲剧诗人、前苏格拉底派、柏拉图、福音书、叔本华（读他也是用原文，可以读懂）、吠陀、奥义书、佛陀最早在鹿野苑的讲经以及其他佛经，另外还有易卜生、莱奥帕尔迪和托尔斯泰。他们用古希腊语阐述内心的想法，叙述每日的事件，比如卡洛和他的狗的故事，然后再开玩笑似的将其翻译为拉丁语。

在那间阁楼上，某种简单而确凿的事情发生了。那是一种无声的召唤，清晰明澈，就像他们去伊松佐河游泳、打水漂的时候一样。卡洛在微笑，白色的浪花在他黑色的眼睛与黑色的头发之下翻滚。他向前游去，如同从餐桌前起身步入舞池，或是攀上圣瓦伦丁山巅，又似在阁楼之上，辨义明理而行说服之道。

尼诺·帕特诺利陪着他从戈里齐亚一直到的里雅斯特，那是一段短暂的旅程，穿过粗糙的岩石和带着红锈色斑点的漆树，在秋日迟缓的天空下像是一团团凝结的血块。他们抵达港口时已是夜晚，头顶的夜空遍布厚重的深色浮云。微风吹过脸庞，如同旧布的拂拭。哥伦比亚号船首的大灯照射出一道泛着绿色的光圈。在果皮和其他垃圾之间，一只南瓜随波起伏，在跳跃的光线中被浪花拍碎。从一艘帆船的船首像上脱落的丰满乳房，被大海所侵蚀。

大灯在水面上照射出的光锥，就好像那盏佛罗伦萨式油灯投在桌前稿纸上的光。油灯的灯杆细长，注油口有猛禽与圣像装饰。油灯的光线照亮卡洛面前的稿纸，他的字体大而清晰，他幸福地写下那些文字，字如其人，自由而正直。他并没有因为写作而焦躁不安，不像拙劣的戏剧演员，本身并不喜欢创作，却为了赶制剧目急躁地翻着装订工整的卷册。现在那盏油灯就在尼诺家阁楼的书桌上，灯罩上写着前苏格拉底派的名言警句。而手枪应该在某个抽屉里，恩里克想要把它带走，但无法带上船，因此留给了卡洛。他的东西还能给别的什么人呢？

卡洛曾告诉他，当船只起锚时，他会爬到阁楼上，在漆黑的夜色中从天窗里朝着的里雅斯特——他启程的地方——眺望。就好像他的眼睛能够在黑夜中视物，将其保存而免于坠入幽暗。他曾教导说，哲学即对于无区别智慧之爱，意味着把遥远的事物看成是近在咫尺，而抛弃想要抓住它们的渴望，因为它们只是简单地存在着，在一片寂静之中存在。谁知道当他从天窗探头眺望的时候，他的脸会是什么样子的，那夜色中黑色的眼睛，是否因他的离开而带着犹豫不决的忧伤。他是否曾带着苦涩想要挽留他，尽管对此出行，他是钦佩的，甚至曾表示出过分的钦佩。

在如今正穿越大西洋的航船上，恩里克正在奔跑，这是为了奔跑还是为了到达，又或是为了曾经奔跑与生活的过去？实际上，他是静止的。甚至从船舱到甲板和餐厅的这几步距离对他来说都不合时宜，在海洋的静止之中，海面一成不变地包围着破浪留痕的航船。海水在一瞬间被劈开，又很快合拢如初。大地用母性承受着犁的耕耘，而大海是一串无法触及的笑声，不留下任何痕迹。游泳时摆动的双臂并没有让它更紧密，而是更疏离，最终消失。海洋并不给予。

这是卡洛说的，或者说，这是他在他的作品开篇写下的话语。这部作品现在已近尾声。也可能是他自己或尼诺提出了这样的意象，当时只是随口说出，在某次乘船旅行或是躺在萨武德里亚的白色岩石上的时候，一个画面从脑海中划过，若非被某人拾起，知道如何放在正确位置，使其重新发光，便注定坠入虚无。也许正是耶稣的门徒中的一位向他指出了田野间的百合，纯粹出于偶然而未理解其原因。他和尼诺将许多笔记都带上了那间阁楼，他们在哪儿都记，在自己心中，关于旁人的脸庞，关于帝国高中广场上七叶树的黄色叶片。而恰是卡洛能将那些散落的笔记作音符，转化成一部第九交响曲。

里克①，你懂得如何将一切留在当下。在他出发后，他们这样对他说道。你在远海航行，不会因心存恐惧而不断寻找港湾，不会因害怕失去生命而使其坠入更为悲惨的境地。恩里克看着甲板上一处水渍逐渐变干，

_____

① Rico，恩里克（Enrico）的昵称。

蒸发异常迅速，污迹消失，元素的分离过程几乎肉眼可见。他身上的汗滴也在变干。里克，你的归属是大海的愤怒。恩里克看着天际，他应该因这些话语而感到幸福，他也确实有一点儿这样的感受，但他随即起身，去喝了杯啤酒，只是为了去找点儿事做。他一直都很喜欢啤酒，特别是德国的啤酒。在因斯布鲁克学习的时候，他曾跨越边境去德国喝啤酒，因为他觉得奥地利的啤酒淡而无味。

也许他并没有表达得十分清楚，哪怕在出发之前他们曾整整聊了一个晚上。首先，他离开是为了逃避兵役。他并非像很多支持领土收复主义的朋友那样，对二元君主制持反对态度。甚至他也不介意戈里齐亚被称为哈布斯堡的尼斯。某位退休的上校在平静地散步，步伐愈加缓慢与生硬。双头鹰的翅膀出人意料地悄悄收拢，凝视着帝国远方的鹰眼不过是标本鸟头上的玻璃纽扣。这种多民族融合及其没落是一堂伟大的关于文明与死亡的课程，也是普通语言学的重要一课，因为死亡是愈过去时与先将来时的专家。格拉齐亚迪奥·以撒亚·阿斯科利是戈里齐亚人，伟大的历史语言学家，在他们刚刚高中毕业的时候，于米兰去世。同曼佐尼一样，他担任王国的参议员，他们那里的犹太人总是对意大利情有独钟，但在多语混合的伊松佐河沿岸，阿斯科利认识到，想要在阿诺河或在其他任何一条河里漂洗衣物是徒劳无用的。

恩里克有不可思议的语言天赋，他用希腊语或拉丁语沟通和写作就像在使用德语或本地方言，他在驶往阿根廷的航船上胡乱学习的西班牙语很快成为一门他所熟悉的语言。帝国高中校长费德里科·辛穆齐格认为他是一名真正的戈里齐亚人，在他看来，要得此认可，并在自己的世界自如地生活，当需掌握意大利语、德语、斯洛文尼亚语、弗留利语、威尼托-的里雅斯特语。其实他的斯洛文尼亚语也还不错，是小时候在鲁比亚的街巷玩耍时学会的。在高中的时候，他跟一些同学去伊松佐河游泳，发现卡洛和尼诺都听不懂他的同桌斯塔内·亚尔克朝约瑟普·彼得内尔身上泼水时大笑着说出的话。那时他想,多少鲜活的事情恰在身边,将一直无法被破译、未曾被聆听。

然而努斯鲍默要求他们从希腊语译为德语是有道理的。这两门语言至关重要,也许是仅有的两门可以用来探求与询问"事物自何处诞生,又于何处消亡"的语言。意大利语不一样,对他来说,这不是一种用来叙述的语言,无法用它来将事物加以明确,因事物发出的光芒或其虚无而充满惊奇。意大利语可用来拖延与适应无法忍受之物,很适合漫游离题,在频繁重复的闲谈中混淆命运。总之,这是生命的语言,就像生命的协调与不可妥协性本身,就是它应该成为的样子,只是一种习惯。

另外,他说意大利语时不时会磕绊结巴,在书信中亦是如此。说到这个,他该写信给卡洛了,卡洛肯定在焦急地等待他的消息,期待着继续进行他们的对话。他也一样,只想跟卡洛说说话。可以肯定的是,卡洛的信，那些内容详尽的长篇信函已经在路上了，正在另一艘船上沿着不同的航线旅行。

另外，恩里克也给他写过信。十二月三日，哥伦比亚号曾在西班牙阿尔梅里亚进港停留。他上了岸，买了信纸，钻进了港口附近的第一间咖啡馆。他坐在那里盯着空白的信纸，面前放着一杯过分浓烈的葡萄酒。他在略有些倾斜的桌台上转动着笔，在笔掉地之前抓住它。他想要描述他的旅程，阐明出发的利与弊，关于那份对自身的爱，危险而并不值得的爱，是如何存在于思乡之情以及对回归的渴望之中，如同所有对自身的爱一样，最终将自己奴役。这场旅行不会是一场逃离，出发也有点像死去，却更是去生活、去存在、去停留。会逃离与消失的，将是恐惧、野心和目的。

他把玩了一会儿笔，又喝了一杯酒，解开了一枚衬衫的扣子。归根结底，兵役对他来说就是无法忍受，哪怕只是因为军装领口太紧，尤其还有穿靴子的种种不适。他总是一有机会就光着脚，他甚至也不喜欢每天早上铺床。除此之外，他对军队并不持敌对态度。总要有一些秩序，尽管这与他个人并不合拍，他没法做到，但在这个世界这是必须的，包括在阿尔梅里亚的这间咖啡馆里，周边挤满了喧闹骚动的海员，秩序在此地亦不可或缺。就连叔本华——在阁楼上，他那幅面带忧郁和嘲讽的肖像画搭在其他书上——他永久地摧毁了所有对生命和权力的意志，但他仍高兴有军队和警察来防制恶人。而关于这一点，他一直都没有勇气与卡洛说起，对此他宁可含糊不语。

在咖啡馆的桌前，他继续在信纸边缘画着驴耳状的线条。最终他还是受够了，扔掉了信纸，买了一张明信片，上面用比平时略大的字体写了两行字："亲爱的卡洛，我身处一片嘈杂之中，如此已八日。我没法给你写任何东西，只能为你送上最为诚挚的祝福。恩里克敬上。"

当他身边更为安静的时候，他会再写信，在远海上的漫长午后，会有更少的人上下甲板，更少的事物变化。有时候他看着海面，那些随着时间流逝而不断变幻的颜色，在他眼中也显得过于突兀。

一组更高的海浪拍击船体，透过黄色的舷窗玻璃可见鲸鱼在喷水。几个月前，在皮兰和萨武德里亚，海浪比这里轻柔许多，却轻易让船只晃动不止。他们那时正在逆风回港，手忙脚乱地操作着缆绳。葆拉和富尔维娅看到他们一团狼狈，在岸上大笑，而尼诺受够了当别人下水游泳时，恩里克却一直独坐船上眺望远方，便一把将他推入水中。他不得不开始游泳，却比其他人游得都好。他更坚决、更自信地劈开打在身上的浪花，或是潜入水下。在那片蓝紫色的海中，越往下潜越为静止，万物在稳固中扩散，海藻、石头与在海神草间穿梭的一条鱼的颜色，是这片宁静中散发的光芒。

葆拉与他一起在水下游泳。到了水底，她向他伸出手，她深色的头发与深色的眼睛——跟卡洛一样的眼睛与头发——就像海底的草原一样黑。在水下更易看出他们姐弟有多么相似。葆拉的微笑甜蜜而略带嘲讽，那是在水中的寂静掩盖之下仍不变的微笑。她伸脚做了个动作向上浮去，像鱼一样映起一片白色。他看着她消失，重新上浮让人难受，他的耳朵也疼了起来。

卡洛时常待在家里，在海滨的家中听阿尔吉娅弹钢琴。也许他爱上阿尔吉娅也是因为她的名字，意思是静寂——当人们终止了去做和去问的狂热，最终所获得的自由平和。通过力量抵达静寂，卡洛在叔本华的画像下写道，那是存在的静寂，海的静寂。也许那也是某种至大而笃定的惰性，恩里克想了一下，但他错了，那种想法不符合卡洛，他在每一个瞬间都如此完整和鲜活，因为他不像乞丐那样索求存在，而只是存在着，如同一位王者。

在皮兰三天，在海滩上看潮起潮落，或乘船前往萨武德里亚，在伊斯特里亚海角的白色灯塔下或白色岩石前，头伸出甲板，几乎触碰水面。这样的低垂是好的，抬升则是自负，一种人们踮起脚尖只为引人注目的虚荣。倾斜着的船只随波逐流，他的脸庞掠过海面，就像一条鱼跃出水面。他脸朝下趴在船上，而葆拉仰面朝天，头向后仰，头发贴着他的脸庞，深色的头发在风中飘舞。透过那些黑发，是晃动着的蓝色，再后面是红色大地的轮廓，松树和柏树柔和幽暗的绿色。一只海鸥象牙绿的腹部在它掠过水面时闪闪发光，一棵橄榄树朝天叉开，好像一个凶猛又无辜的性器，而船已绕过了海角，白色的灯塔出现了。橄榄树的气息早已消失在海面上，船只轻巧地滑行，在午后漫无目的地漂流，消失在回响中。

在那些短暂而平静的日子里，恩里克看到了生命需求的线索，他生命的硬币仿佛被抛入空中，在翻转的一瞬闪闪发光。当阿尔吉娅不在海滩上的时候，她会在家中为卡洛弹钢琴。她弹奏贝多芬，自我与命运之间的深渊，在那一刻所蕴含的悲喜，可以消灭时间乃至可悲的生命本身，那是流逝着却并不真正存在的生命。

与此同时，他们在屋外、在岸边笑着，或一言不发什么也不做。尼诺烤着鱼，富尔维娅往礁石上扔球再弹回来，累了就用她晒成古铜色的小脚踢球，一脚把它踢入浪间，海浪再将球送回岸边。"富尔维娅尔吉娅拉"，有时候她们三个姑娘会用这个名字合签一张明信片，三人一体，他和卡洛和尼诺也是如此。富尔维娅会笑着朝他们泼水，阿尔吉娅看着一只海鸥，脸藏在帽子的阴影里，葆拉为他们倒咖啡时朝他们微笑，她有着与卡洛一样的深色眼睛，修长的腿拍打着海水。

他们一起读了易卜生，培尔·金特在漫游途中迷失了自己的一部分，但在索尔维格心中依然完整地存在着。也许恩里克自己也是如此，只在富尔维娅尔吉娅拉、卡洛与尼诺的心中存在，或许他已从哥伦比亚号上坠落而自己并未察觉，在夜色中消失在海里。但这不重要，他就在那里。他们经常在夜里下海游泳，哪怕当时月色昏暗。葆拉像一片树叶轻盈地滑入水中，牵着他的手拉着他，有时候是富尔维娅或尼诺或卡洛，身上滴水未沾，身影明亮清晰，如同一阵喜悦的疾风。

恩里克从未像当时那样快乐。那几天，他看到卡洛在那片难以解释却又无比熟悉的海边是那样的快乐，那是一片与现在围绕着哥伦比亚号的大洋截然不同的海。这里是幽暗之海，是无形而苦涩的虚无，在其中什么事都不会发生。尤利西斯与阿耳戈英雄们在地中海与亚得里亚海上航行，越过赫拉克勒斯之柱，故事便只剩下结尾，从世界的尽头坠落。在高中时，努斯鲍默让他们读罗得岛的阿波罗尼乌斯以及关于伊阿宋和同伴们的航线的争议的文章。其中有老卡利的著作，一七四五年出版的《论阿耳戈英雄远征至科尔基斯》（全四卷），书中激烈地反驳了这样的说法，即伊阿宋曾经经过了亚得里亚海，经过茨雷斯岛和洛希尼岛，经过了伊斯特里亚海，经过了《奥德赛》中的所有地点，所有阿耳戈英雄的航行地。他的论证颇有说服力。

那些劈开灰色大洋的航船如同忘川的防波堤，在这些船上，没有富尔维娅尔吉娅拉的位置。也许几年前会有所不同，至少哥伦比亚号的水手长，一个名叫维杜利奇的家伙是这样说的。恩里克有时候晚上会和他一起玩一种叫优先权的牌，那段日子甚至对他来说也显得过于飘渺虚无，围绕在他身边的无限与黄昏似乎永不终止。

　　维杜利奇一边洗牌一边说，什么合恩角好望角，都是狗屁，合恩角领航我干了快一辈子了。真正厉害的还是克瓦内尔湾，那里才是要人命哪。那儿的船更小，这话没错，但又有什么关系。比方说彼得里纳船长，他是洛希尼岛人，准确说是大洛希尼人，谁要说他来自小洛希尼他就跟谁急。他开着希尔达伯爵夫人号可以超过那些最出名的英国帆船。英国帆船啊！他们横跨大洋就跟泡个牛奶浴似的。船只出海的时候就听他轻轻哼着什么"海水混浊，小船摇摆，你不是唯一的人同我做爱"。他高中毕业于洛希尼海事学校，好像天意如此。从那时起，就这样过了四十年，他去过全世界所有的海域，就像老鼠钻进了奶酪堆里。他淡定地绕过合恩角和好望角，跟那些开汽艇的一样，他们知道从小洛希尼岛出发，不能够越过博卡法尔沙海角。对于阿尔德布兰多·彼得里纳船长来说，只要感受到水面上的几丝微风，或是头顶上缆绳摆动的方式略有一点不同，他马上就明白了，海洋即将开始变脸。

　　恩里克透过舷窗看见了愤怒的黑色海水，海浪与浪花在他看来全都一样，他无法理解在那下面的唱和。但他喜欢听维杜利奇的那些故事，听他说有次他与彼得里纳一起横渡大西洋时，在阿森松岛停留。当船舶靠近时，那些大鸟全部退入森林。又或者，他们朝着相反的方向航行，经过锡利群岛时，船长会让他们加倍小心，别让那张在群岛间落难海员的数百人名单上再添一人。不是在特雷斯科岛和圣玛丽斯岛之间，那里是花与鸟的天堂，碧蓝色的海水冲上花岗岩细沙滩，拍打出白色浪花，如金粉般耀眼。而是在另一边，在外海，世界上最受诅咒的处所之一，彼得里纳的一位曾祖父或曾曾祖父亦曾命丧于此。每次经过时他都会手画十字，并为了逝者的永恒健康而喝上一瓶。他每次出发都要带上簧风琴，"我要是没带簧风琴连防波堤都不去！"他会这样叫嚷，要是船东或事务长有意见，抱歉，拜拜了您，您另找个鸟人当船长，傻逼多的是。

　　恩里克拿了一手草花。他玩牌很厉害，但他更喜欢玩的里雅斯特牌或特莱维索牌，兴许因为那里面最大的牌是金币，一个金闪闪的圆洞。维杜利奇接着说，彼得里纳喜欢弹奏和唱歌，玩乞丐牌满意了，他会开始弹唱。嗯嗯，也会有些小曲儿，或是小回旋曲，在海水平静时你会想哼几句曲儿。他尤其喜欢威尔第和多尼采蒂。途经合恩角时，遇见狂风巨浪，海水像高墙一样从四面涌来，头上脚下，有时候都分不清哪里是上哪里是下。他领着船一丝不乱，屎拉得硬尿滋得远。"不要怕死，"船快要散架的时候听他这么说道，接着他在哨声、扑通声和哀嚎声中开始唱歌，"微风将吹来我对你炙热的思念，随着滔滔海水你将听见我哀歌回响。"

　　那是怎么个怪人啊，他在那片慌乱之中指挥着那样的乐队。他对所有人都和颜悦色，甚至会给飞过的海燕扔些吃剩的鱼肉。但若是两片交汇的大洋想要跟他耍花样，他会立刻让它们守规矩。他从儿时起便适应了从洛希尼到伊洛维克圣彼得岛之间海水的交锋，布拉风和西北风在此地交汇。他下船上岸时，在整个南半球所有的酒馆里狂欢作乐，一直到凌晨五点。彻夜作乐到早上喝咖啡的，也就他一个了。

卡洛应该会喜欢风暴中的这个声音，总是反复唱着咏叹调，并非狂热地祈求坏天气尽快结束，而是单纯为了歌唱而歌唱，全身心地投入，就像在皮兰和萨武德里亚时一样。跟着彼得里纳船长一起，人们可以待在哥伦比亚号上，在海上度过起伏的一生而根本不必上岸，"微风将吹来我对你炙热的思念"。

但是彼得里纳船长在一九〇六年去世了。关于那一天，维杜利奇记得很清楚。他刚刚跨越大西洋、印度洋和太平洋三个大洋，从的里雅斯特到智利，若闲庭信步。一阵管乐奏起，他在甲板上倒下，永别了兄弟们，瓶塞弹开，泡沫四溅，干脆利落。或迟或早所有人都要上西天，他也一样。"该来则来，要死便死，屁大点儿事。"他被葬在智利，伊基克港，差不多是大洛希尼郊区一样的地方。很遗憾他没有看到自己的葬礼，他一定会喜欢的。仪式很美很别致，所有人都深受感动。他很喜欢去参加葬礼，也因为结束后他总是会去小酒馆喝点儿什么。

太迟了，那个声音已经消失了，哪怕它还应该在某个地方，如散去的风，因为事物恒在。"无物自虚无中生，无物向虚无去。"恩里克在他的一份笔记中如此写道。无论如何，他并不喜欢歌剧，混乱嘈杂，特别是其中有太多的大声叫喊。对于他来说，贝多芬、舒伯特、抒情民谣这些就很好，一些更日常的东西，如杯中的一朵花，家门前的一棵树，也会变得如此遥远。或者，若真要多愁善感一小会儿，也可以聊聊《鸽子》，"如雪般洁白的鸽子"，哦不，也许应该说如海一般洁白，那是纯白色的海，泡沫反射着耀眼的光芒。大海和雪在哪儿都是一样的。有可能所有的东西都是一样的，就像他在船上环顾四周，场景在每一边都完全雷同。墨西哥皇帝马克西米利安一世也喜欢《鸽子》。

无论如何，那个声音不在了，这令人遗憾，即使每一件事物的消逝都意味着更多的轻盈。在船上，人们是轻盈的，你没有带很多东西，不必像在火车上那样不停地把东西挪来挪去。二等舱中的旅行当然没什么奢侈可言，但那种无事可做，那种拖延和放任时间流逝的闲适，却是极大的奢侈。他一有时间便会给卡洛及其他人写信。他会把所有信件一起寄给彼得内尔——约瑟普是一个可靠的朋友，他会亲自分发信件，这样既可省钱，也不用太过费心。

　　日子相互堆积，相互混淆，相互消解。有时他会一直盯着船只航行的尾迹，在波涛汹涌的海面上，痕迹消失得比在亚得里亚海中更快。有时他和维杜利奇玩上几局，有时也会跟吉杰托玩，他是一位住头等舱的商人。恩里克在戈里齐亚时就认识他，但对他并不熟悉。他一直满世界跑，尤其在非洲，听说他跟柏柏尔人做买卖，不知道交易什么东西。他穿越大西洋就好像翻过科利奥山。他过得应该也还不错。维杜利奇问他，是不是真的有一位卡比利亚商人送了他一名十四岁的女奴。出于怜悯我把她带了出来，对她就像对待女儿一样，吉杰托如此回答。他为人正派无可指摘，随后他便转换了话题，谈起有次在马达加斯加的海湾中，他如何被人拉上一艘奥地利的战船。那时他的表兄弗朗切斯科在船上服役，脑子里只想着数学和哲学，还尝试向他解释自己那些抽象的计算，用那双沉迷于其他世界的眼睛看着他。天色已晚，维杜利奇请他们喝东西，但恩里克喝得极少，在黑暗中，话语越发稀少，偶尔响起，如流星划过。

船在拉斯帕尔马斯港停留一天半。虽然恩里克很乐意待在船上，坐在甲板上遥望城市，但最终他还是上了岸。然而，之后他便喜欢上在小巷与店铺间穿行，听着西班牙语的话音，看着那些陶土色的面孔，这些面孔与生活在多瑙河帝国边疆的那些面孔不同，混合着最低贱与最高贵的人种，他们冷漠地带着相冲突种族混合的痕迹。若是所有这些人未曾到达此地，如果这里只有加那利群岛的本地人，他们身材高大、皮肤白皙、发色火红，那么他也可能就此留在此地，在赫斯珀里得斯的花园中，坐在果树下，不时摘下一颗金苹果，任由太阳在遥远的西方消失。

他来到遍布浅红色礁石的海滨，光着脚，裤子卷到膝盖以上，不时袭来的海浪把他全身浸湿，贴在身上的衬衫在热风中被吹干的感觉让人十分惬意。海滩是黑色的，全是卵石和煤砂，那种黑色会在退却的波浪中闪光。每一处幽暗的尊严，荷马曾说到，海洋有黑色的水域。别处的沙滩则是红色的，凝滞的黄昏漫漫无边。恩里克钻进海边的小洞穴中，取下粘在礁石缝隙间的小滨螺。微小的海蟑螂像鸡皮疙瘩一样爬满礁石，灰绿色的螃蟹遁入深处。黑暗中传来振翅的声音。海潮绵长而有力。远处，蓝色的海浪泛着金属的光泽，涌入洞穴中成了棕褐色，好像墨水在瓶中晃荡。

正是在这些洞穴里，关切人①将他们要献给国王的

---

① Guanches，加那利群岛的原住民，现已灭亡。

29

神圣处女安置于此。他们崇拜并填喂她们，直到她们变得柔嫩肥大，一种带着威严的丰腴，足令君王在极乐中融化。恩里克也并不厌恶在丰满柔和的曲线中沉迷，每一具身体都极尽谦卑，而他并非挑剔之人。爱情，至少是那种他急于享受与忘却的爱情，就像一片美味的面包。这一片与那一片都一样，都有些细微之处并不合适，但都很美味。就像昨天那位来自马略卡岛的姑娘，他刚下船就在一间咖啡馆里认识了。她把他带到了一栋灰泥剥落的房子里，但窗畔有美丽的蓝花楹，还有个古典风格的天井。在皮兰，三位姑娘的房间与他们的相邻，但显得比这座有古典柱式的房子更遥远。他从未去过那里。

那个姑娘今天也是有空的，但恩里克在半个小时之后就不知道要和她做什么了，便找了一个礼貌的借口与她告别。他沿着岸边散步，天知道那两个关切人是在哪里发现圣母像的。根据传说，几个世纪前他们发现了一尊从海里冲上岸的木质圣母像，将它放在一个洞穴里，于此处接受人们的膜拜。不知过了多久，一夜暴雨后，大海又将其收回。有人说那并不是圣母像，而是海盗船的船首像。那是一位女子的胸像，一名海盗将她抢来，而她投身入海以免受辱。于是他让人制作了一尊船首像，容貌与她相仿。那是一张遥远的面孔，温柔而坚毅。当这艘帆船在海战中被击沉时，海盗使人将此像投入海中，免于与船只一同沉没。海浪将它带上岸，但多个世纪以后，它怀念辽阔的海洋，便再次呼唤海洋将它带了回去。另一些人则说那就是圣母本人，是海洋之星，眼见在多个世纪的祈祷与虔诚之后，世人比当初更为恶劣，她便自己离开了。她返回了大海，与鱼群为伍，其所犯罪行要较世人为轻。

这些故事带着浓烈的天主教色彩，而根据一个更为有趣的假设，这些海岛都是亚特兰蒂斯的一部分。恩里克在一棵远古的龙血树前停下了脚步，它也许比圣母崇拜还要古老。大树参天，但更重要的是它不断扩张，枝繁叶茂。树枝横向延绵数米，直至某一刻，因自身蕴含了过多的能量而折断坠落。这是世间过度膨胀的罪过。在奥地利高中里，他学到了简化与收缩自身的哲理。他一下就明白了其中的全部道理，这不仅仅是因为那位老师，他将自己降级而不是升级为哲学教师，以传授智慧之爱。在那棵树干及其分支上，木头断裂，倾斜的裂口布满痕迹，生出令人敬畏的须根及浓密的眉毛，丑陋的凸起与长满茧子的手，伤口重新开裂。斜视的眼睛带着嘲弄，山峰崩塌又不断生长，沟壑顺着山谷向下延伸，树液从一道粗鄙的缝隙中流出，湿润的枝芽与树枝撕裂垂老的树皮。

恩里克头上戴着破旧的帽子，在十二月温和的天气里，衬衫垂在长裤外面。他看着那株西勒努斯，它在自身旺盛生命的重负下摇摇欲坠，等待着那根已然干缩、过于突出的枯枝在一声轰响中折断坠落。树枝需要修剪，增生是一种必须切除、消毒的修辞性淋巴结炎，通过删减而得以成形。在学校里，身材高挑纤瘦的理查德·冯·舒伯特-索尔登教授一边说话，一边在指尖转动一支黄色铅笔，眼睛谁也不看，只盯着灰色的墙壁。他从未跟任何人说起为什么他放弃了莱比锡大学理论哲学的教席，先是在马里博尔当代课老师，而后在戈里齐亚高中教授历史、地理与哲学。

那便是一条道路，当然并非巨树扩张膨大之路。假装在生活，易卜生说，是狂妄自大者所为。佛陀也是在终止了欲念之后才进入了真实生活。他让下流的体液干涸，不再润湿、满溢、撑开心脏与腺体。然而卡洛的微笑如同新鲜清澈的水，让人想去酌饮，就像卡洛在学校广场的喷泉前那样，无有干渴，亦无饱足。让那水流吧，不要堵塞它的源泉。而他现在想要剖开那棵龙血树，将血放干。卡洛也不会喜欢那样茂盛的自负，而他自己亦不相同，他不知道究竟如何，总之会是另一番模样。

在那棵树前，恩里克似乎理解了为什么舒伯特-索尔登做出了那个无人不知的决定，当时让所有的人都感到震惊，让一切解释都显得苍白无力。当他们直白地问他时，舒伯特-索尔登礼貌地做出回答，含糊不清地用健康问题加以搪塞。有时候，他会在班级上解释他所持的知识唯我论观点，为此他写过很多书，收藏于某些图书馆中。根据这种唯我论，唯一可知的现实便是他获得的知识，而这与他的一些好以派别分人的同僚归于他的实践唯我论明显区别开来。他不用担心在他面前的听众根本无法理解也不去尝试理解，因为他认为生命本身就是由相互误解所构成的。

就在此时的戈里齐亚，舒伯特-索尔登教授一定和往常一样，正沿着伊松佐河散步。上完了课，他静观一会儿河水，随后到市政路上的那家面点店去为夫人买两份面条。简化、收缩，文明跟园艺一样，是修枝剪叶的艺术。恩里克实际上并不热爱文明，他不去服兵役，也因为在那里需要剃发，而他喜欢顺应自然地闲逛。有些事还是对不上，他究竟需要去往何处，才能像舒伯特-索尔登那样？去戈里齐亚还是巴塔哥尼亚，去哪里才能无事发生？他最好回到船上，回到船身匀速的晃动之中，这能够帮助他思考。他会给卡洛写信，也会写给尼诺和葆拉，他会讲述在拉斯帕尔马斯度过的这个午后，听他们对此作何感想。

他如释重负地躺在床上，凝视着天花板，等待着出发的汽笛，等待着坠入梦乡。哥伦比亚号在巨浪间滑行，太阳升起，星辰落下，航行的痕迹不断消失，六分仪确定船只所在的位置。他不断地远离原初的混乱，在两三次抵港间，抵达与出发变得模糊不清。

第一封信自然是写给卡洛的，恩里克从内乌肯寄出，这是一个干旱荒凉的小镇，面朝安第斯山脉，坐落于内格罗河边，在巴塔哥尼亚的边陲。"只是想问候你，并请代向你父母问好。与你握手致意，恩里克。"

第二章

关于巴塔哥尼亚没什么好说的，没有人会为了寻找故事而前往那里，听风在荆棘丛中吹动的声音，也没人知道那里有何故事可说。至少恩里克不是为此而去。去讲故事，如向导一样带人四下参观，欣赏奇景或只是满足对自身生命的好奇，可算了吧。总之，没有人会听你说，也没有人会理解你，只有陌生的面孔，就像在那列去往博洛尼亚的火车上一样。他只在梦中见过此般面孔，又有什么关系呢？它们如此坚毅、迷茫，他在车厢中刚睡醒时看到的那些面容也不比这些要鲜活多少。

这里没有胡扯闲聊，诗人被逐出理想国，甚至被逐出为临时过夜而搭建的茅屋。那些追寻者，谄媚着追求现实，苦苦追寻着各自的悲惨，所有人都为自己的小小灵感而倍感自豪，将其引入诗韵之中，"戈对甲，匪对寇，巴塔哥尼亚风盈袖"。有人狡黠地眨着眼睛，其他人张大嘴巴，假装自己听明白了。莱奥帕尔迪则是另一回事儿，他摆脱了所有对自身的爱，甚至摆脱了不幸给他带来的折磨。在潘帕斯草原上，之后在巴塔哥尼亚，恩里克看着月亮，莱奥帕尔迪诗中流浪的牧人无需质问意义，白色的月亮破碎，如一块石灰。卡洛也会抛却杂物，没有任何的八卦闲扯让人头晕脑涨，没有那些故事、阴谋、强权、不幸与麻烦。在他的诗中只有广阔的海，没有海岸也没有船只，没有阿佛洛狄特从贝壳中跳出，我们这可不是在马戏团里。

有一小阵子，恩里克勉强推辞了去布兰卡港的但丁学会做老师的提议。想要说服他的是个菲纳莱利古雷人，一位颇有声望的葡萄酒商人，之前做过面包师和砖瓦匠，在他的劝说之下，他有些头脑发热。他说在阿根廷的意大利人应该团结，现在的气氛已经如此不堪——这一切都是出于嫉妒，因为意大利人知道如何把活儿干好，谦虚点儿说，他自己也算是个中懂行之人。这一种论调持续经年，更别提那个孟尼利克的条约了。但是在卡尼亚达德戈梅斯的阿库尼亚帮派，那些才是真正的罪犯。在意大利军团的那些意大利人为了国家自由而做出了那样的牺牲之后，他们仍不知感恩。需要把大家组织起来，让大家团结在一起。而最好的甚至说唯一的办法，他说，就是以但丁·阿利吉耶里的名义，他是世俗的爱国诗人。再说了，是共济会造就了意大利，而不是什么天主教传教士救助联合会，那些人只会含糊不清地祷告，吟唱种种奇迹。

但是恩里克对这些事情所知甚少。他对共济会之王的兴趣丝毫不比他拒绝为之效劳的使徒皇帝要来得多。他既不想跟那些从意大利的监狱逃离至此的无政府主义者扯上关系，也不想与一路推进到圣尼古拉斯的慈幼会有所往来。起初，他去了安第斯山脉，负责给在那里修铁路的工程师们送去马匹。他自己有两匹，都是上等的好马，不会让原驼或鸵鸟逃走。接着他与两个德国人合伙，买入了上千头绵羊，几百来头牛和马，把它们从一个站点赶到另一个站点，上下奔波各六百公里。他买进一些牲口，又卖出去一些，有些是帮人代理，有些是自己的生意。他还跟住在那里的一位表亲有些来往，但很快情况就变糟了。没什么，没必要抱怨，他在给尼诺的信中写道，因事物与人的本性如此。

他的一位同班同学赛芬霍费尔也出来了，待了几个月以后受不了便回去了。这样也好，不留遗憾，每一种愿望都会摧毁真实的存在，需要将自己从对自我的虚妄信念中解放出来。死亡只会杀死那种信念，或者谁都无法杀死。出发有一点像死亡，也就是虚无。在蓝色笔记本上，恩里克用铅笔抄下了一句他十六岁时写的话：Die Freiheit ist im Nichts，自由在虚无中。别提当老师了，每一种知识都只是修辞，若去教授这些则更为糟糕。

现在他整天骑在马背上，他谁也不教，只是有时候朝着牲畜大吼，防止它们走散。这些是强健的动物，有着温热的褐色背脊，在无尽的平原上如大海般起伏。马背在一呼一吸间升起又落下，一道母性的喘息，而他在它们中间，骑在马背上，迷失在永不熄灭的黄昏的炽热光芒中。温暖的红色太阳落在那些脊背昏暗的阴影之间，当那些牲畜经过身边时，他用手摸它们的身侧，感受到令人愉悦的潮湿的温度。黑暗滑入天空，一条纤细的黑蛇吞没了云层，然后又吞没了太阳和天空，变得粗壮，如蟒蛇般膨胀开来，盘卷成一团黑暗的点，抹去一切，除了几只母牛的眼睛闪耀着驯服的光芒。他从马背上下来，倒在地上，用毯子将自己裹住，迅速入眠。

他喜欢骑在马上。当他的靴子触到牲口汗湿的腹部时，有那么一刻他不知自己的身体归于何处。半人马喀戎颇富学识，说的也是他最为偏爱的语言。在戈里齐亚的时候，一有机会他就会去骑马。也正是因为马，他与卡莉亚开始了那段浪漫故事。她的脸庞俏美无瑕，抬头仰望时，栗色头发下的眼睛如此湛蓝。卡莉亚是他的表妹，他的远房亲戚。她与他有些相似，都有着蓝色的眼睛，也许太过湛蓝了，尽管只是眼睛的颜色。她梦想着草原，梦想着在风中骑行，等待着他追上来或返身而回。总之，她高昂着头等待着真实的生活，每一个等待都有着摧毁的力量。

而对于恩里克来说，他喜欢在长时间骑马之后被睡意吞噬。他会把头靠在马鬃上，用缰绳把自己固定好绑在马脖上，半睡着继续骑行，眯着眼睛，仅保持必要的警觉，而就这样，心不在焉地，任思绪坠入柔软而昏暗的水中，沉入深底，在水草和海藻模糊的窸窣声中，在长发的摇篮里。卡莉亚的栗色头发，葆拉的黑色头发，富尔维娅尔吉娅拉，三声定音鼓音符在水下回荡，在呜咽声中消散。葆拉明亮的深色眼睛如同八月夜晚波光粼粼的海。卡洛，事情既不好也不坏，但是必须为这样的冷漠付出代价。一声低沉的鞭响在水底沉没，永别了卡洛，等我醒来后我想见你。

由于距离遥远以及难有固定邮递点，通信变得十分珍贵。一些寄到布宜诺斯艾利斯的韦尔泽尼亚西药房的信被退了回去。母亲的一张支票也来了，没有附任何留言。恩里克将其退回戈里齐亚，没有回复。卡洛给他写信，说一想到很快就会得到他的消息，便不再觉得如此悲惨了。恩里克重读了那一页："我们等着你为我们的现实带来至为重要的拓展。"他将信放到一边，看着搭在火边木头上的双脚，这次他穿了袜子，因为天已转寒。不远处，一只小牛脸贴着地面迟钝地看着他。啃草、反刍、死去，这样的解脱减轻了沉重的负担。他更擅长将事物加以削减而非拓展，为什么他们要求他去做他不擅长的事情。他站起身，四下漫走，毫不在意牲口，它们不安地避让到一旁。

在他的回答后过了几个月，卡洛抱怨起他的某种缄默，他无法理解，但将其归于里克的辛劳与困苦，恩里克在那儿，如此遥远身处异乡，而在这里，一切都好什么也不缺。是的，他的心留在了戈里齐亚，在卡洛待的地方，但是人们没有心也可以活得很好，就像一条木腿或是一只木手，只要稍加练习，过一阵子就可以毫无困难地再次跨上马鞍。只是这很难向他去解释。

卡洛的话语宏大而坚决，如同箭矢在虚空中落下。"我们无法避免地被你吸引入灰色的生命之中……我们认识到什么是自信而有尊严的意识……世界上的人与事在你那里变得确凿笃定……你，里克，你身上有种更强大的力量，如同一位被生命与死亡的必要性所遏制的圣人，但仍然平静地相信自己……你为我们打开了评价事物的正确道路。"十一月二十八日，那是他出发的日子。巴塔哥尼亚的一位圣人？恩里克从纸上抬起眼睛，空中飘过一大片厚厚的云。在他看来，是他的身体在上空飘浮，由着自己的意愿飘走。而他，半躺在地上，是一个空洞的形体，是某件被从他身上夺走的东西的印记。

是卡洛给他写了那些话语，而不是正好相反，但似乎应该反过来才对。他的心在收缩，在扩张。关于这些心脏的比喻他了解不多，但可以肯定在某个地方有什么东西在颤抖。这是不对的。曾同窗共读这很重要，但这并不是全部。一个名叫卡洛，另一个叫恩里克，如果那次他未曾指给他看从岩间流下的涓涓细流，卡洛可能就不会写下那页关于生命流淌与逝去的文字。但不能假装一个人会永远是那个样子。尼诺也是，当他们去林中散步时，每一次他都有冲动想要爬到山顶，而恩里克不一会儿便躺在地上看雏菊，从这个角度看去，雏菊会变得更高更大。

一九一〇年六月二十九日：你，里克，"你意志坚定地面对所有的可能性，你如此生活，生命中没有东西会让你显得有所欠缺，甚至整个生命，在经历了所有危险后都应当自觉地转向你。因为你不索取任何东西。就像你并不会意识到时间的流逝，因为在每一个瞬间里你都是自由的，如此，在你的每一个词语中，你的嗓音都带着自由生活的气息"。不，恩里克不去索求，甚至也不去琢磨他究竟为何便获得了所有，甚至包括这一封信，也许已经过分夸张了。

幸运的是，骑在马上人们便会忘记痛苦，只剩下燃烧着双颊的冲动。有时候，过了好几个小时，他感觉到口渴，便用套索抓住一匹野马，再将绳索放松，跟随着它，因为那牲口知道水在哪里，会把他带去岩石间的小涌泉，冰冷而隐藏着的锈迹。有的时候，因为饥渴，他必须杀死一匹马，喝它的血。

他稍微朝南方迁去，朝着圣卡洛斯-德巴里洛切的方向，仍旧终日坐在马鞍上，注意牧群不致分散迷失。之后他一有机会，就会建造一个巨大的围栏，这样他就可以安心，牲畜不会逃跑，也无需天亮之前就起床。在这凌晨时刻，牲畜还没有开始移动，天地冻结，从远方极冻之处吹来寒风，你知道风吹过的那一路并无多少活物。但是让木匠过来建造围栏需要花钱，那些钱他现在没有，他得有些耐心，需要等待。

有时会有商队经过。恩里克会卖出一头牲口，买一些烟草、米、烤饼和咖啡。有时会有女人跟着车队一起过来，她们南下，再重新返回北方，为的就是碰上像他这样的人。用一匹马或一头小牛的钱，可以和她们睡上三天，要是她们逗留一阵的话。否则，就是一个小时，这样也行。

结实的腰腹，像优秀的坐骑那样可以承载重荷。当他骑在上面时，她们则会使些性子，这让人意想不到。当恩里克想着她们时，很难想象出一个美丽而清晰的形象，他不知道应该将哪一张面孔与那个夸张的胸部或是如此硕大的臀部联系在一起。有一次，在完事之后，对方立刻从毯子（也被她用来披在身上做大衣）里取出一个涂着肥油的玉米饼，开始大口吃起来，而他仍在爱抚她的背脊，因为他觉得事后缓缓结束而不是戛然终止，这样更为礼貌。

有时候，很罕见地，也会有些印第安女人。那些苦涩封闭的脸庞让他激动，他稍微有点羞愧，那更多是带着男孩子的狂热而不是男人的冷静。女人像蛇一样扭动，说着他无法理解的话。对于其他人来说，那是服务式的忍耐，不奢求这可怜的魔鬼也要满足她们，他与她们也能够互相理解、互相忍受。而在他身下的印第安女人则是无法触及的。也许她很享受，但她似乎并没有意识到他的存在，对于那些印第安女人来说他并不存在，仿佛完全没他这个人，只有他在自顾自地动着。

这种情况极少，通常没有什么人经过。他敬佩那些印第安女人，她们不多啰嗦，就把孩子生出来。刚刚生育完，她们就起身砸开结冰的溪流，清洗身体和新生的婴儿。如果婴儿强壮，那样的冰水不会使他生病，如果死了则说明他不适合生存。恩里克不参与这些，因为他一直都没有办法忍受小孩子，尤其受不了他们的哭喊。他尊重那些印第安人，他们之间也互相尊重，不去无谓地伤害对方，无论是别人还是别的牲畜，仅在必要时才会动手。他们将生活剔骨，就像在给原驼的大腿肉剔骨，包括舒伯特-索尔登教授也在以自己的方式践行印第安人的生活。有时候他们像马一样站着排便，赤身裸体在草原上快速行走，带着君王般的冷漠。

他盖了一间茅屋，这样便可以睡在用餐桌拼成的床上。当他饿了的时候，他会杀死一头绵羊或开枪打一只野兔。他的准头很好，通常来说他颇为灵巧精准，对待马匹或是希腊语中的不定过去时都是这样。人必须有一些最基本的灵巧，事物理当被细心处置，手持一朵鲜花而不致将其损坏，烤熟一块肉只需要两块石头和一些木柴。倘若好几个月没有商队经过，他会缺少食盐。他咀嚼着那些无味的肉而不加细品，渴望着并不存在的盐的味道。

牛奶也很好喝，他会从奶牛身下的挤奶桶里趁热饮用。他取下阔边帽，把它捏成杯子的形状，浸入桶中再取出饮用，这总比用手捧着喝要好。他不需要锁上茅屋，只要用一块石头挡住门，防止雨水和牲畜进来。从安第斯山脉到海滨，他都听人说起过土匪，布屈·卡西迪、比利小子或是埃文斯，他们死了却又在很多地方出没，但他那儿几乎无人经过，甚至有两年真的一个人都没来过。没有必要为了两块木板、两床被子和五六本托伊布纳版的经典校勘本而挂上门锁。

恩里克讨厌门锁，就像他讨厌领带一样。但若说完全不会有人想把手伸进他的背包里，这也不太可能。就这点而言，托尔斯泰的回信同样令他不悦。他把那些信件保存在索福克勒斯作品集中，与卡洛的信放在一起。那位令人尊敬的长者用德语写的四页信，以伟大而不容驳斥的方式回复给素昧平生的戈里齐亚少年。可以想见，那封信是恩里克在阁楼上写的，他们在那里一起阅读了易卜生和托尔斯泰，两位支撑起世界的巨人，他们撼动了世界，完美地将自己从修辞学中剥离，尽管他们自身与所有人一样，亦曾浸淫在此根基之中。真理就在那里，恰如在贝多芬的音乐中。恩里克向他写信，单纯而冒失，他还想成为托尔斯泰的追随者，进入他的圈子。老人给他回信，直白而威严：他可以来，但首先必须把一切都捐给穷人，就像在福音书中写的那样。

对于他来说那很简单，捐的都是他夫人的东西。但对恩里克来说不行，像叔本华那样更好，总是小心留意自己的荷包与一日三餐。恩里克也喜欢一无所有，在伊松佐河岸边脱去衣物，赤裸身体跳入水中。但何必非得有人来拿走这些破布，再让别人来夸耀你真棒呢？这真的就是在做秀，就像他的舅舅朱塞佩，他捐出了格拉迪斯卡的小楼，接着妄图依靠他的兄弟们过活。

不行，他没办法去面对那些类似社会主义者或藏在地下墓室中的早期基督徒那样的人。光脚持钵的佛教僧侣还行，光着脚非常舒服，但是那些让人把心捧在手中的集社想来便让人无法忍受，一个比另一个更加逾矩闹心，他们肯定也会整出许多声响。光是要待在一起，大家挤成一团随时准备管别人的闲事，这就是一种愚钝的想法。还好他及时意识到了这一点，现在身处巴塔哥尼亚，而不是把所有东西留给懒汉以后，留在亚斯纳亚波利亚纳。

当然这样做是在行善，没错，堪称无私之举。此外，给一位大胆的年轻人回信，这是同样伟大的事，恐怕与这样的长者所提的要求同样伟大。把你拥有的所有东西都卖掉，将所得钱财全部施予穷人，这就是真正的生活吗？为什么所有人都要求他完成不可能之事？还是易卜生更好些，至少他不是个自大狂。再说，恩里克对于戈里齐亚他父亲的那些磨坊并不上心，他甚至不知道他的遗产占比多少，家里共有多少钱。

有时候马匹会得一种恶性热病，伤及肺部。他知道该如何处理。他用一把刀在合适的位置割开静脉，好好地放一次血，然后让它们狂饮，用杜松子酒把它们灌醉，如果还不够的话，就再加上他从一个威尔士人那儿买来的威士忌。牲畜的口鼻耷拉着，眼神涣散，通常过几天就会痊愈。有一次他撞见了一只美洲豹，马匹受惊，他愤怒地鞭打马匹，甚至张口咬它，马把他甩下地，踩了他几脚。之后好几个月他的尿里都带着血，直到有几个印第安人让他喝了用一种树皮煮的水，他才得以痊愈。

他还会去布兰卡港参加售卖牲畜的大型集会。畜群有上千只牲口，从各处赶来，被兽蹄踩踏的土地无比泥泞，就像在葡萄园里人们榨着最后的葡萄残渣。大商人们已经到了，在那里等待着，交易的钱款远远来看难以分辨清楚。

那几天，妓女也会从全国各地赶来，四十八小时之内钱币流动、满溢，在牧牛人的手中交换，就像是圣瓦伦丁森林中的黑莓，人们把它们放一捧在嘴里咀嚼咬碎，而不在意有几颗漏到下巴上。印第安女人、混血女人、黑女人围着很大的红丝巾，她们挤在马匹旁就像草原上的奶牛，叫嚷着摆动双臂，露出明亮的眼睛和洁白的牙齿。夜晚降临，空中如同打破了一瓶红酒，四散蔓延，覆在激动通红的脸颊上。

牧牛人把钱袋扔到举起前伸的手上。恩里克也扔出了钱袋，不仅仅是为了带走一个扎着褐色的长辫子的光脚姑娘，也因为他很乐意去扔点儿什么东西，就像在伊松佐河畔捡起石头打水漂。周围充斥着叫唤声、大笑声、哞哞叫声、鞭子破空之声，再远些的地方烟花绽放，在夜空中石榴绽开溅射着红色的颗粒。多亏了那个在马鞍上的姑娘，他在这个节庆的时刻有了些惊喜，但那样的混乱、吵嚷喊叫和挤攘很快让他觉得无法忍受，一找到机会他就回去了。他步行数日，回到他的茅草屋，挪开石头，倒头睡觉。

他不去数日子或是计算星期，他以更为灵活和易变的单位计算时间：第一阵夹着雨雪的风，草褪去颜色的日子，羊驼交配的日期。风持续地吹着，但不久他开始懂得分辨在不同时间与季节中风声的细微区别，是呼啸而过快速消散的骤风还是一股干涩如咳嗽的阵风。有时候仿佛风也有了颜色，篱笆之间金黄色的风，荒芜高地上黑色的风。

　　巨大的云朵飘来飞走，一头母牛扯起一株草，大地转动而又静止不动，一朵雏菊可活一月，一只蜉蝣寿长一日，长庚亦被唤作启明。有时候天空像吹制的玻璃泡那样膨胀，逐渐远离，旋即消失。

　　恩里克开枪射击，野鸭坠落地面，一瞬间雍雅的飞行变为从窗内抛出的垃圾。万有引力的法则无疑是一个在自然界中引起诸多不便的元素。只有词语被保留下来，包括那些在莱比锡印刷的托伊布纳版希腊与拉丁古典名著里的词语。

　　射击的回响消散在岩石间，卡洛用恩里克留给他的手枪自杀了。帷幕落下，再没有什么要说的了——这里指的是恩里克，而不是卡洛，那个一时的动作在卡洛身上没有任何影响力，就像脑溢血之于易卜生，肺炎之于托尔斯泰，毒芹之于苏格拉底。卡洛是这个世纪的敏感的良知，他的死对于"存在"这个系动词的变位没有影响，只影响了"拥有"这个动词。恩里克拥有牧群、马匹和几本书。

关于卡洛的事情，他在一年以后才得到消息。那是一九一一年九月，经过六百五十公里的旅程抵达海边之后，他在马德林港得知了这个消息。是尼诺给他发来的，还寄来了卡洛最后一年的诗歌，那是卡洛在他出发之后写的。"与你不同的是，我很幸运一直待在他的身边，看着他，参与他的生命直到最后一刻。但现在这已没什么区别了，他的死将我们更紧密地联系在一起，我所拥有的关于他的东西，你也曾以不同的方式从他那里汲取。当时的生命如何向我展现，现在又是如何显形——是啊，我清楚地知道这一切永远结束了，没有生命或喜悦能够比肩我当时所期待的未来……"

联结我们的纽带也拖曳着我们，恩里克如此想到。一九一〇年十月十七日，卡洛并非踏下了错误的一步，他猝然起飞，消失在高天，如燕子飞翔在空中。是他和尼诺在脆弱的大地上滑倒了。在卡洛的著作，也就是在那间阁楼写成的《说服与修辞》中，他提到重物别无它法，只能下降与坠落。而现在，尼诺在信中的话语沉重地压在恩里克的肩上。"卡洛谈起你，他认为你的生活是唯一值得尊敬的东西……卡洛给我们的，你都在践行着，你用你当下生命中的每一个举动向我们展现着，只是你不知道而已……卡洛的亲人都将你视为唯一在他身畔之人。"

恩里克看着马鞍、他那双挤脚的鞋子、他去取出的钱。很遗憾，不像前两次在收信点这里取信，这次他找到的并非几封来自尼诺的或彼得内尔的信，信中责备他没有感情、逃避众人而只会去嘲讽别人。面对这些指责他都可以加以辩解或耸肩不顾。他翻阅着《健康对谈

录》。卡洛在他去世前十天，也就是十月七日，写完了
这本书，尼诺抄了下来。 "他所写下的，"——尼诺
说——"是话语可以言说的极限，在这个世界上还没有
人能够说出这样的话。"但是就简简单单地待在一起，
在阁楼上进行讨论，哪怕是卡洛，也不必把这些都写成
文字，这样不是更好吗？

这本简短的《健康对谈录》像风一样包裹着他，但
时不时会突然间勒紧，让他喘不过气。他深吸一口气，
翻开书页，再一次读到他的名字，里克，在此书中被多
次提及。在这本书里，是他而不是卡洛从嘴中吐出真
相，说出坚定而明确的说服的话语，包括对于自杀的谴
责，对生死的恐惧。在生命尽头的那几页文字中，卡洛
把他描绘成一个自由的人，万物于此承认"你存在"，
他拥有只因他存在，不去要求或恐惧任何东西，包括生
命或死亡，总是完完全全地活着，活在每一个瞬间，包
括最后的瞬间。

恩里克烤了一块鸭肉，看着那一缕青烟消散。有那

么一会儿，他是幸福的，那是一种突如其来而又转瞬即逝的幸福。当它消失时，天空低垂，变得沉重而冰冷。他尝试着去读那些话，《健康对谈录》中里克的辩词，去听一听从自己口中念出是怎样的声音。为什么卡洛没有反过来，在书中让尼诺来说那些说服的话语，而是让他成为聆听者与接受者？是的，他知道自己有能力逃离社会的杂音，奴隶们的聒噪言语，互相恭维哄骗自己已然获得自由。在尝试抓住生命的同时并不会丢掉性命，在转头看自己的影子时并不会毁掉影子，这一点他已然知悉，卡洛对此非常清楚。太阳也会与自己的阴影嬉戏，将其拉长、缩短或变形，全凭心意。他会任由事情发展，甚至在太阳躲藏起来的时候，消失不见。

但为什么是里克而不是尼诺？在他心中燃着一盏明灯，卡洛的灯熄灭了，不是因为缺油，而是灯油过多，满溢而出。那一盏灯将他内心照亮，但外面破碎了，只剩几丝光影闪烁、灭寂。心脏在黑暗中跳动，一只飞鸟被日光晃了眼，飞入洞中，在一片漆黑中迷失，翅膀在黑暗中撞击着锋利的岩壁。

信稿摊在地上。他用一块石头压在上面，防止它们被吹飞，也许它们应当消失在风中。在那份压在他身上的使命里，有一处模棱两可的地方，现在再去解释已经太迟了。确实，在这里死亡是算数的，它无法影响真理，却是所有含糊与误解的仲裁者，无法从中脱离。人们不是因为死去而悲伤，卡洛说，而是因为悲伤而死去。

他看着卡洛在对谈中所绘制的草图，四个互有交集的圆勾出共同的区域。在左侧，四个方位中西方的位置，是"幸福"的圆。它与"自由/无求"相交，而在那里，在那个白色的交汇的空间里，恩里克找到了自己。但是勾出那个空间的圆弧继续往下，在下方形成另一个圆，在草图的南方，是"死亡"。"自由/无求"由"幸福"与"死亡"之圆交汇而成。"幸福"的圆基于存在与价值，而不索求任何东西。"死亡"的圆也不索求任何事物，因为那里是不存在的疆域。

恩里克看着天际，牧群的边界不断变化但清晰可辨，木桩圈出的那一块地，属于草原开放的部分以及茅屋封闭的空间，在所有的地方，边界都在把许多不同的事物加以分割与结合。也许卡洛错了，恩里克在边界上，就像在戈里齐亚，但他不知道归属何处，在哪一个圆中，是归于幸福之圆的东南边界，还是死亡之圆的西北边界。有好几次，当他们在通往弗留利的森林中散步时，他们会迷路，不确定是否已在不觉间越过了意大利的边界，是否已达彼处。卡洛会跟他说原路返回，用他的自由去归属幸福和存在的明亮的圆。在这些书页中，他甚至命令他做他人的向导，以他的名义引导众人抵达彼处。

　　这样的一种授任使他惊讶不已，让他迷醉但也让他感到重担在身。这担子太沉重，如巨石压身，说不清道不明。要去加以澄清，把那个因光芒万丈而太过沉重的星星从肩上卸下，往回走，回到阁楼上。为什么那个时候他没有解释清楚？那时有足够多的时间，现在不行了，太迟了，没有力量能够战胜死亡，那份怯懦让事情无法得以澄清。所有人都在澄清谎言之前死去。因此杀害是一种罪行，他为向那只鸭子开枪而感到羞愧，也许它如此笔直而快速地飞行，正是急着去纠正某件事情。

如果卡洛想要如此，恩里克会原路返回，他会更换圆圈，他会上行，去自由/无求的寂静之中，它们在黄昏霞光中照耀并温暖着树梢。你攀上那株沐浴在阳光中的树，便逃离围绕着树干的夜之阴影。是的，在他头顶的天空是火焰的光，但恩里克喜欢扭头看向那覆盖在树根上、在黑暗中失色的草地，在那上面平躺，没入湿润的草中，望着高处的天空一点一点褪去颜色。卡洛应该知道，他向他索求过多，不，应该说他赋予的实在过多。当恩里克向他背诵他最喜欢的帕纳克斯的这首童谣时，他也笑了：有一人非人，见亦未见鸟非鸟，栖于一株树非树上。是人掷石非石，击之中亦未中……

哎呀，学校的铃声响了。鸭肉即使不放盐也很好吃。他仔细地吃完，他喜欢认真地进食，这也是男人的象征，在高乔人中谁吃的最多才最男人。他进入茅屋，取出几卷托伊布纳版经典文集，坐在门槛上。月光足够明亮，且他也并不需要光亮，他能背出那些已被强调了很多次的段落。生平头一次他觉得阅读柏拉图像是在受罚，而不是被安慰。"向思想展示其伟大，看见一切时间与存在。"但在这座荒芜的高原上，他什么也看不见。对他来说这样也行，但这对于卡洛来说并不足够，他宣称恩里克真的看到了它，那样的一种伟大。

恩里克环视四周，喉咙里哽咽着。他放下《理想国》，拿起《厄勒克特拉》《俄狄浦斯王》，俄瑞斯忒斯的合唱，夜之皇后赠予睡眠，请你展翅自冥界而上，来吧，我们迷失了，淹没在幽暗之中。他真的想睡觉，不求其他，哪怕像那些在黑暗中散布各处的牲畜一样浅眠，这片黑暗被一丝微光稀释，如同咖啡被牛奶冲淡。

有时候会发生这样的情况，缓慢的黄昏在他内心激荡，凶猛的夜晚伴着月光从门板间透入茅屋。但这样的骤然中断非常罕见，通常都是更为迟缓的麻木感，空虚的日子和月份没有区别，岁月流过又没有经过，就像在帕纳克斯的童谣中那样。为了消遣，他复习了一本古希腊语对话书：*Sprechen Sie Attisch*？（您说阿提克语吗?）复述里面的日常对话：您在莱比锡住哪儿？τίςἐσθ' όἐνΛειψίαβίος? 我头疼。άλγῶ την κεφαλήν. 他也读马丁·菲耶罗，他喜欢这个没有童年的世界，在这个世界里，死亡和谋杀都无关紧要，只是恰好有杀戮和死亡存在。

他想起一个从高乔人那儿听到的故事。一年前，或者三年前，反正都一样，他们围坐在火边，高乔人和其他人一样，弹吉他的水平也不比别人更好或更差。那是潘帕斯草原一个寻迹者的故事，一个从不失败的寻迹者，能识别任何踪迹，无论是人或是动物，他都能将其与千种其他踪迹区分开来，哪怕已经隔上了一个星期，哪怕是在被蹄足与车轮碾过的小道上的印迹。人们请他去找一头迷失的小牛，或是更糟糕，一名不知逃往何处的小偷。他开始追踪，或早或晚终将来到他所寻找的牲畜或人面前，确凿无误如黑夜终将降临。

多年过去了，寻迹者成为草原之王，但他变得悲伤暴躁，在睡眠中翻身说话叫嚷，有的时候他会起身行走，惊动马匹，却不被它们的嘶鸣声吵醒。有一天人们去找他，请他找一位在夜里杀死了一名牲口贩子的陌生人。他找到了踪迹，开始追寻。路并不远，但踪迹比较复杂，或前进或后退，交叉重叠，但他都能够辨认出来。他时不时会陷入巨大的疲倦，想要就此作罢，他已经老了，现在是停手的时候了，不用再追着别人的踪迹跑。但习惯、荣誉和其他什么东西在驱使着他，使他继续往前，像一头固执的猎犬，最终来到他用四根木桩与破旧帆布搭起的棚屋前。就在那时他意识到，那是他的足迹，唯一一种他从未仔细观察和研究过的足迹。他继而明白，是他在那些梦游的夜晚杀了人。于是他向宪兵自首，既是失败者，亦为胜利者。

有人说，实际上是这个老人因为抢劫而杀了人，另一个更年轻也更能干的寻迹者发现了他曾努力抹去的踪迹。但那个在阴影中歌唱的声音，在那个刮着暖风让嘴唇变干的夜晚，无法接受另一个人比他更有才能，他只能被自己战胜和摧毁。恩里克想到了他的踪迹，从阁楼到茅屋，在这样一段旅程中，有一瞬间他消失了，但很快他又不再费心去隐藏。对他来说，很容易从别人眼中删去痕迹，但他身前和身后的踪迹非常清晰。自卡洛将其标记之后，便再也无法隐匿。他看着月亮从高耸幽暗的草间升起，如果有一个洞可以把它扔进去的话，他会将其抛却，就像处置一个用来装水的南瓜那样。

那个寻迹者的故事实际上非常古老，在另一片海的附近诞生，那里是神明和所有故事的发源地。恩里克拿起《俄狄浦斯王》，自阁楼时期开始，上面就用铅笔标满了各种记号。在施奈德温注解、瑙克编订的一八六五年柏林版的第一千四百行，评注者在页脚指出"τοὑμόν"一词是错误的，并提出了一个在他看来应该是索福克勒斯原本使用的词。恩里克拿起铅笔，有些生气地在旁边潦草地写道："妈的，此处绝妙当应如此！"

他起身轻松地走了两步。为校勘的原因生气，这令人非常愉悦。他四周的荒芜高原再一次呈现它们原本应有的样子。

有时候，紧迫的生命显出几分宽容，会前来正式告别而不是粗暴地动手动脚。当马里奥来到恩里克面前时，他非常惊讶。他成功地发掘出他的足迹，并不像奴隶们的猎犬那样越过小溪追寻，而是越过了整整一片大洋。马里奥很像卡莉亚，有着与他姐姐一样高耸的前额、温柔而坚毅的眼睛、叛逆的嘴唇。当他看见马里奥突然从远处出现，有着与卡莉亚一样的天蓝色眼睛，恩里克想，他所爱的不是一个女人或一个男人，而是一个目光，在其中的那一片海，超越了性别的一抹微笑。可能他会觉得马里奥有些可笑，因为他很久没有在戈里齐亚出现，又没有人知道他在哪里，马里奥便穿越了如此遥远的距离，只是为了告诉他，卡莉亚曾等过他，她爱他，但现在要换一种方式。她想要嫁给另一个人，但不想不经过他的同意，只因为当他出发去南美的时候，她认为自己与他尚保留着某种关系。

对于穿越了大洋的人来说，没什么可嘲笑或打趣的。马儿在他们身边吃草。卡莉亚非常喜欢马，她生来就为了在风中奔驰，而他只是在帝国高中广场的花园中与她交谈时点燃了她的幻想，关于马和草原的幻想。并不是她未曾追寻他的足迹，也幸亏她没有这样做。是他无法追寻她，无法无惧地面对生活。和卡莉亚在一起需要生儿育女，而与商队的女人们一起不需要，也许和富尔维娅尔吉娅拉一起也不需要。他对子女心怀恐惧，无论如何这是与他无关的事情。

刚开始的时候，马里奥同他说话还有些尴尬。恩里克取下阔边帽，让风从发间吹过。马里奥的眼中带着卡莉亚的目光直抵他的内心，随后他又觉得轻盈，放松了下来。那是一个晴好的日子，他带着马里奥去钓鳟鱼。他们几个小时静坐着，抽烟看着水面，时不时有一条上钩的鱼挣扎不停。

这个世界常常会发出巨大的声响，提醒人们它的存在。在给尼诺的信中，他提到，美洲乱作一团，哪怕大片牧区之间距离遥远，对噪音起到了某种过滤与缓冲的作用。伊里戈延总统的军队向智鲁岛民射击，后者曾发动罢工以向大庄园主们抗议，并在生命安全将得到保障的承诺之下中止了抗议行动。开枪、屠杀、狱中暴力与谋杀的消息不断传入恩里克的耳中。有一天，他自己也在布宜诺斯艾利斯看见警察向手无寸铁的人们开枪射击，当人们开始逃跑、踩踏在尸体或其他伤者身上时，他们的射击变得更加猛烈、更有兴致。

哪怕是在惨案发生之前，这座城市已让他感到害怕。这里人头攒动、房屋密布、人声嘈杂。这就像一群人一直都在逃跑，而背后始终有人朝着人群射击。恩里克因为坏血病在布宜诺斯艾利斯接受治疗。在他的茅屋里有取之不竭的肉食，但没有水果或蔬菜，只有奶牛或绵羊才能吃草。渐渐地，他的皮肤开始出现瘀斑，牙龈出血，双颊有类似鱼鳞的鳞屑。

一待痊愈他便逃离了布宜诺斯艾利斯的喧嚣，回到巴塔哥尼亚。他确实需要建好那个围栏，好生整顿一番，种些蔬菜。当他再次患上坏血病时，他浑身骨头过于疼痛，无法整日骑在马上，而一想到布宜诺斯艾利斯他就感到恐慌，他觉得再也支撑不下去了，故事已经结束了。他并没有思虑太多，这件事跟其他事没有太大差别：他要返回戈里齐亚。当船只在的里雅斯特的码头靠岸时，恩里克看着岸边，从甲板上探出身体，从口袋中掏出剩下的比索，将它们投入海中。

第三章

他于一九二二年回到戈里齐亚，身上穿着在贝尔特拉梅服装店买的新衣服，那是在他弟弟强迫之下，在的里雅斯特港一下船便去置办的。这场回归之旅与其他那些在巴塔哥尼亚的南北迁徙并没有太大的不同，那时他在路上唯一遇见的就是迎面走来的商队，他们相互致意，话音未落便互道别离。

戈里齐亚帝国高中现在叫做维托里奥·埃马努埃莱三世高中。舒伯特-索尔登走了，他现居奥地利，没有任何国籍，也不愿意做出抉择。在失去了两个帝国之后，戈里齐亚现归属意大利，而索尔登的出生地布拉格则属于捷克斯洛伐克。也许，他并不讨厌置身于这样的真空之中，这种真空由历史的旋风与反方向的旋风冲撞形成。无论如何，他在这个新生的小小共和国中，凭借某位机灵的官员的安排，有了一笔微薄的薪水以维持生计，一直到一九二四年十月十九日，用那句他最喜欢的话来说，"直至他不再承此烦忧"。

恩里克回归了，而其他的人在陆续离开。他的母亲于一九一七年在乌迪内过世。尼诺在一九二三年八月十九日离世，他在登山时从一块峭壁上滑倒，在波尔达诺维兹特雷布萨谷的胡奇尼克峡谷躺了数个小时才被发现。是的，卡洛错了，尼诺才是真正知道如何与生活妥协的人，他并不曾需要浪漫故事或其他可笑的行为来逃避现实。伟大的生命与他同在，在他对他的皮娜、对两个女儿和对朋友们的爱之中，在他那间位于格兰德广场的舒适的书店里。"他用高贵的精神去看待别人。"他的朋友马林如此说道。棺材之中，他的脸上闪耀着属于他们的那盏灯的光芒。

埃尔维诺·波卡尔曾亲眼看着他跌下山崖，他最终出发去了米兰。美德带来荣誉。在旧时高中的课桌前，经过频繁的希腊语考试，最终他也学会了这个句子，获得了很棒的成绩。在那所学校诸位同学之中，埃尔维诺懂得了爱意味着聆听，阅读比书写更为重要。如果他真的想要拿起笔，最好是从翻译开始，就像在学校时与努斯鲍默教授一起做的那样。避免表现个人，为伟大的词语服务。比亚乔·马林在师范学院教书，学院领导由于不太认同他在班上评价《约翰福音》的方法，想把他调走，他宣称自己并不是一个任人摆布的行李箱，随即抛下一切去了格拉多。其他人也走了，卡米西去了埃及，塞加拉在特伦蒂诺。

恩里克有些迷茫，他觉得这不是回归，而更像是在出发，他似乎仍旧置身于高乔人中间；费利佩·古铁雷斯，最后一次见他的时候，他正前往安第斯山脉。何塞·安东尼奥·平托在遥远的南方。他很少去看喀斯特高原和伊松佐河，那片土地和那里的水浸染了太多的鲜血，就像某些南美的沼泽，贪婪地吸收着日光。他带着不适听朋友们讲述他们参与了此处或彼处的大屠杀，参与了征服行动中的进攻，或是夺回失地过程中同样血腥的战斗。

在这场让每个人相互对抗的悲剧之中，恩里克也感受到了一些不同的东西，他并不试图去理解。其他人说起在交火中把行军水壶交给一位伤员，或提到一位士兵将手枪指向他营地的那些人，连着几个星期躲在战壕内让他们发疯，想私自将一位战俘割喉处死。恩里克一言不发，他烦躁地想起托尔斯泰的那封回信，皱着眉转身离去。有一次，他还就瓦尔特的遗孀发表了尖酸的评论，瓦尔特是他们的同学，在萨博蒂诺山战死。他随后感到愤怒，又或者觉得羞愧，但他们并没有针对他说什么。那样一种大家共有的兄弟情谊，或是对于敌人的同情，对他来说又算什么呢？他与敌人、兄弟或子女无关。只有卡洛能算上是一位兄弟。

福加尔主教是他们高中的教理问答课老师，现任的里雅斯特主教。他尽全力保护斯拉夫人不受欺压，避开法西斯的暴力行为。斯拉夫人是一堵无法穿透的墙。恩里克为他们所承受的不公感到激愤，也对此有着一种模糊的恐惧。他的斯洛文尼亚语刚好够在鲁比亚或在戈里齐亚课后与同学们嬉戏交流，但不足以支撑他去与他们见面。这更像是一门死语言。

在潘帕斯草原上，他们称他为教授。他的老朋友堂伊吉诺·瓦尔代马林也是卡洛的同班同学，现任神学院院长，对他来说，为恩里克提供一份每年续约的临时工作并不困难，哪怕他并没有法西斯党证。堂伊吉诺会写诗，他知道一个学校的班级就是一个教徒群体，与《信经》中所提到的相比并没有更加松散或更为多样。恩里克每天早上去神学院，开始上课的时候，他低下头听学生们的祷告，既不画十字也不嚅动嘴唇。接着，他开始细致地进行动词与名词变位，避免任何涉及历史与审美的评语，关于阿喀琉斯的哭泣或尤利西斯对于遥远故乡的思念都闭口不提。

学生们觉得他枯燥乏味，他不会为了吸引他们而夸张表演。他不喜欢去吸引人，最多是对某个女人，那也只是很短的一段时间，刚好够将她说服，而不足以令她情迷。尤其是，他不想学生们对他言听计从，追随他。他并不需要有人追随，在巴塔哥尼亚时亦然。领养的子女要比亲生子女还要糟糕。甚至在上课时，连他们盯着他看都会使他感到不快。

当然他会履行他的义务，这毋庸置疑。他的教学遵循甘迪诺的标准，或是奥古斯特·马特希尔德的《希腊语法详解》，此书一八三五年于莱比锡出版。还有门格的《拉丁句法与修辞练习册》。这些书曾陪着他两次跨越大洋。他认真细致地备课，准备议题，例如在《高卢战记》中，他标注出军团分成了十个步兵队，这点他总是记不住，也怪不得他要逃避兵役，且再也无法忍受所有那些关于大战的讨论。但那些坐在课桌前的人们又能奢求些什么呢？他们学会了不定过去时变位，就已经足够好了。

是的，在巴塔哥尼亚，他随身带着《奥德赛》和《阿伽门农》，希腊原文及西蒙·卡斯滕的拉丁语评注版，但现在并非在这些年轻人面前谈论阿特柔斯后裔的命运或厄勒克特拉之痛苦（卡洛特别喜欢厄勒克特拉这段）的好时机。那样会像在哗众取宠，就像去中断不规则动词的变位而朝着窗外所看到的尤利安山歌唱颂歌。另外，若是他信口开河，哪怕是影射地提到了反对宗教的话语，那也是对容纳了他的修士们大为不敬，可能还会造成一些麻烦。

有那么一瞬，他出神地看着群山。若能伸手指着窗外，让学生们看看山，那也挺好。那些在刮胡子时会哼唱一首小曲的人们是幸运的。但在教室里，他向来谨言慎行。有一次，学生们在黑板上画了一名骑在马上的高乔人，用套索勾住一本厚厚的希腊语词典，杰莫尔教授的《希德大辞典》。"他进教室看到画时说了什么？""没什么，他就看了眼黑板，什么话也没说。"

有时候，在教师休息室里，恩里克会同切库蒂说上几句话。他是另一位世俗教师，其他人都是修士。他是个很棒的小伙子，人也很和善，总是迟到且来去匆忙。他经常带着还没批完的作业到这里，因此在休息的时候，恩里克会帮帮他，反正他可以毫不费力地看出希腊语或拉丁语作业中的错误。若不是切库蒂累死累活接了那么多的私教课，以此维持家用，养活他的妻子和三个孩子，他也可以从容不迫、平心静气地批改作业。但他确实非常友好，尽管总是满脸疲倦与紧张，他仍时常开怀大笑，也把恩里克逗乐起来。他总是有话可说，似乎他家里的那些日常琐事要比巴塔哥尼亚的故事更为生动有趣。

切库蒂有时会谈论政治。他很讨厌那些法西斯行动队的人，他的一位表亲也被人灌了蓖麻油，并且他补充道，那些给他们出钱而不把自己双手弄脏的人、那些肥头阔耳的地主和政府高层要比这些人更加恶劣。恩里克对此表示同意，对于他来说，这就是κοινωνίακακών，恶人的同盟，这也并不是什么新鲜事，卡洛和柏拉图一直以来都如此教导他。另一个人又提到了几个名字，仿佛这些名字都声名远扬，所有人均当知晓，只因为它们经常出现在报纸里。但这些名字对于恩里克来说毫无意义，其中一个人的名字他可能在经过某处地产或是一家工厂时看到过，他并不确定。他没法紧追所有的事情。

一天晚上，切库蒂邀请他去家中晚餐。他的家很小，一张扶手椅已经脱了底，因为大儿子马克在玩特洛伊战争的游戏时，把它当成双轮战车朝着亚该亚人扔了出去，而他的弟弟乔尔乔用一支长枪，也就是扫把，刺穿了它。在墙上，虽已褪色，但仍能看见"乔瓦娜万岁"的字样，那是两兄弟为了庆祝妹妹的生日用红笔写的，他们的妈妈没办法把它擦干净。当然，在餐桌前所有人总是同时说话让恩里克很不舒服，但要比平时好上一些。当晚回家时，他沿着空无一人的街道来回漫步了良久，才爬上寂静的楼梯。

恩里克也会教授一些私人课程，并且收费颇高。要是一个人无力支付，得想办法去筹钱。不是人人都得学希腊语。学的人越少越好。然后他会将钞票当作书签，夹在书中，转头便忘记。他读着卡洛送给他的托伊布纳版《克拉底鲁篇》和《泰阿泰德篇》，上面还有他的签名。另外还有两个版本的《说服与修辞》，一九一三年佛罗伦萨友人弗拉迪米罗·阿兰焦-鲁伊斯编订的版本，以及一九二二年由卡洛的表亲埃米利奥出版的版本。他亲见了这本书的诞生，那时卡洛一边撰写此书，一边准备佛罗伦萨的毕业论文。象牙色的封面上有一圈黑色边框，漆黑的线条呈现夜之深蓝色，配着浅色的纹饰，沿着边框如波浪起伏。在那些书页中有着确凿的话语，审视诊断着侵蚀文明的疾病。"说服，"卡洛说，"这是当下对于自己生命和自己人格的掌握，是充分活在当下的能力，不需要为了将至的或是期待其尽快到来的事情做出牺牲，由此在期待中毁掉生命。"但文明就是无法在说服中生活的人的历史。他们构建了巨大的修辞之墙，知识与行动的社会组织，为了将自己隐藏，不去察看或认识到他们自己的空虚。恩里克用手指抚摸着弯曲的饰带，翻阅着书册，在页边和页脚写下注解，有时也写在两行铅字之间，用意大利语或德语写下简短的评语。什么都不写更好，但如果真的忍不住，那么这些随记至少也是不那么粗鄙也不流于空洞的修辞。

　　只有伟大的人，也就是说，别人，才能写得出真正的书。比如卡洛。恩里克写下的两则短篇简直是猫尿，一则是中世纪戈里齐亚少女的爱情故事，另一则更为愚蠢，发生在塞默灵。更不用提那些印第安人及捕熊者们的探险故事了，不用真的跟印第安人在一起待过就能看出，这些故事都是在胡说八道。这些小工作至少有一个好处，那就是打消了他重新开始的愿望。他还记下了一个梦：他穿着内裤走在戈里齐亚的街道上，遭到了两名老太太抢劫。这个故事还跟"商业咖啡馆"有点关系。无论在心理学家还是在大众看来，这个梦都平淡无奇，缘其不知其所不知者，似已为知。

　　恩里克翻阅着一九二二年的《集会》分卷，其中收录了卡洛所写以及关于卡洛的文字，他用铅笔标注出来。他喜欢铅笔的轻浅的印记，便于擦去。那双深色的眼睛曾为何人或何事而微笑？恩里克在页边草草写道：生命不是人们可以享受的善，而痛需要人们承受。是索求、欲望在侵吞着存在。"不要去往未来。"在三六二页他如此写道，去往未来＝死亡。要将自己凝聚于当下，从欲望的疯狂与毁灭的梦中醒来。就像佛陀，卡洛是正觉者。

夜幕在戈里齐亚降下，狭窄的街道消失在一片铅灰色之中。人行道上，几张纸片随风飘动。他不喜欢今日昏暗的天色，不是他们在阁楼上所见的那种逐渐笼罩城市的昏暗，温柔而空无，像贝壳贴在耳边。这只是冬日干枯的撕咬。也许需要分辨的不只是成功的虚无，而是每一种愿望，包括对于善的愿望，存在于那双充满笑意的眼睛里。同样还有对于价值的需求，因为每一种需求都在践踏、灼烧着当下……为什么必须由他来解开这些纠缠的郁结，他不喜欢身居高处的眩晕，而更愿躺下，独自一人抽着烟看海。或者说，就连大海也太过浩瀚了，因为那里含着对于幸福的巨大承诺，以及对于意义的不懈追求，而就像每一种追求那样，那会令幸福窒息。大地更好，在脚下的迟钝的大地。

这真是活受罪。卡洛不应该让他瞥见他永远无法实现的东西，但若没有那些，生活又如此艰难。

他拿起同一年的《巡查》杂志，翻阅着献给卡洛的书页，在"彻底放弃，他了解如何不去参与任何价值"这句话边，他草草写下几笔。但欲望能被这样的升华所战胜，或仅仅是被事物纯粹的痛苦所征服？死亡与战胜死亡所必须的放弃太过相似。恩里克不害怕死亡，但他害怕的是对此心存恐惧，于某日最终臣服于对死亡的恐惧之中。

他走到街上，时不时有汽车经过，他便打开总是随身携带的雨伞遮挡灯光。有太多的车辆与太多的耀眼车灯，另外还有喇叭的声音。戈里齐亚一片嘈杂，人们在路上和他打招呼，大家谁都认识，这让人恶心。就让他们去嘲笑那把雨伞吧，这样就免得被拉住长篇大论地交谈，他们很快就会从他眼睛的红肿中发现，灯光让他难受，会刺激他眼睛的结膜。需要引起注意，四周都需做好防范。

他会到利妮那儿去。这不是多么重要的事，至少对他来说不是。对于她可能是的，说到底，通常情况下女人会更在乎一些。爱情之于她们当如水之于鱼，如果将其取走，它们便无法呼吸，开始四处拍打。她们可能也会跟你耍花招，无法让人信任，但实际上她们需要待在那片海中，而男人们只需偶尔游个泳，哪怕经常去游泳，之后总会甩干身上的水离开。大自然让女人生儿育女不是没有道理的，把她们系牢的是那些污水、凸起、大肚、赘肉、面糊、口水、便便、尿尿和哭喊，一个男人甚至都看不懂这些。

利妮实际上叫做卡罗利娜，她身材高挑，一头淡金色的头发。她身体纤瘦而举止粗放，美丽的双眼中带着不安与忧虑。她寡言少语，从不索求，恩里克到她那儿去的时候她只觉得幸福。而当他向她谈起卡洛时，她显得更加幸福。她专心地听着，她不会总是假装能听明白，但实际上，怎么才真正算是听明白呢？当他中断叙述，说起另外的事时，她也不做坚持。他很快便厌倦了。女人，除了富尔维娅尔吉娅拉，都对哲学缺乏天赋。

当利妮起身时，她把大脚伸进拖鞋里，走进厨房开始准备咖啡。恩里克躺在坚硬的床上——他让人把床垫卸了——听她摆放盘子和杯子。利妮并不迈入未来，而只是从一间屋子走入另一间。有时他会听见勺子掉地的声音。通常他们很少对话。利妮因为一些法西斯分子的暴行而感到愤怒，恩里克则闭口不语，当他鄙视什么人的时候，他不会说出来。他们安静地坐在餐桌前，恩里克感觉到她的目光落在身上，但他尽力回避。接着利妮撤去餐具，她的手纤长细瘦，紧张地劳作着。

去加拉帕戈斯群岛的事，他没有特别想到利妮，尽管她应该是随时愿意同他去的。做出决定的将是男人们，是他和雅内斯。雅内斯医生是一位朋友，他也读过叔本华，觉得没必要没完没了地重复这样的日子。他憎恶生育，享受生命，但他是个有良心的人，有一次，他几经周折找到了一个在乡居时认识的姑娘，他担心让她怀孕了。果真如此的话，他愿意负起责任，包括那个意料之外的孩子，因为他说，需要首先想清楚，并补充说，他很聪明地提前把一切都想好了。最终那一次的结果还不错，姑娘吃惊地发现竟由于那样的原因与他重新相见，通常男人们会做出的是恰好相反的举动。但雅内斯医生是生命及其繁衍的敌人，而不是生者的敌人。

去加拉帕戈斯群岛应该还不错。那儿比巴塔哥尼亚要好，在那里什么都没有，只有沙子和泡沫覆盖着荆棘的沼泽，草丛，巨大的蜥蜴和乌龟。他们会带两个女人同去，两个他们总是能找到的。在他们周围将是太平洋，一往无前的无尽的大洋，晚上他们会看着太阳沉落在无垠的西方水域下，去往更为遥远的岛屿。

但加拉帕戈斯太远，与此同时他与雅内斯一起驾船出海，沿着伊斯特里亚，一直到普拉。那里是柏拉图式的纯粹的颜色：白色的石头，红色的土地，青绿色的海水在深处呈清澈的靛蓝，是属于纯粹当下的透明色彩。他们驶近某个礁石，游至岸上，躺在一块石头上或是一棵橄榄树下。他们在出海航行，远望着罗维尼，远处可见圣尤菲米大教堂高耸于海面之上。

在萨武德里亚，伊斯特里亚海角处，他认出了白色的灯塔、橄榄树和无花果树下的大道，枝叶间栖息着许多乌鸫鸟的松树，柏树的屏障，守卫海岸的哨兵，月桂树和蓝色的菊苣花。在灯塔前，一艘船摇晃着，海水轻柔地拍击着船侧。菊苣花是蓝色的。当然，它们本就是这个颜色。一株菊苣花的生命有多长？或者说，植物存活，而花朵凋零又再次重生，就像头发一样，会被人们修剪。若是这样，那么它的凋零也不算什么，那朵蓝色的花，与葆拉躺在草间用膝盖轻轻拨动，让它轻柔摇摆的花朵一样，同时，葆拉又用她深色的眼睛望着天空。海岸上的石头，被潮水没过又重新露出，今日仍在那里，白色而光滑的石头在日光与海水中反射光芒。

他向另一位佛罗伦萨的挚友加埃塔诺·基亚瓦奇写道，那个地方是卡洛的挚爱之处。谁知道呢，阿兰焦-鲁伊斯和基亚瓦奇，他们如此深入地研读了《说服与修辞》，可从未见过他眼中的那种光芒，是否还能够理解那个文本。一块石头落入水中，同心的波浪越荡越远，直至消失，但那只是我们微弱的视觉无法再看见它们，而它们仍在某处。阿尔吉娅那次从那块礁石上跳水所激起的海面的波纹，也许已经越过赫拉克勒斯之柱。声音也不会消失，葆拉的话已经传到了海湾另一边的松树上，而她的笑仍缠留在树枝和乌鸫鸟的巢穴间。他时不时会和葆拉见面，一切都显而易见又绝无可能，她的嘴唇与卡洛的十分相似。

距离灯塔几步之遥便是普雷东扎尼旅社，桑树和槐树遮蔽着铸铁阳台和一口古井。当恩里克走到旅社内想要一间房时，他仍赤着脚，脸上还带着阔边帽下的晒痕。普雷东扎尼夫人把他当成了乞丐，她的女儿阿妮塔在他的身后冲她打手势，建议不要让他住进来。但几分钟后，恩里克蔚蓝清澈的眼睛，以及他的一头凌乱的金发，时不时被风吹起，如头顶圣人光环，赢取了夫人的好感，更加讨女儿喜欢。恩里克在旅馆里得到了很好的招待，就是床太软，而这并不是个问题，只要把床垫放在地板上就行。

夏天漫长而凝滞，蝉鸣不止，时间泛着琥珀的光泽。戈里齐亚的学校一放假，恩里克就乘坐首班汽艇抵达萨武德里亚。他来到小港的码头上，脱下鞋子，把它们放在一个系船柱附近，两个月后他离开时再穿回鞋子。他带着几本书和几件衬衫，他把伞留在了戈里齐亚，这里没有太多的汽车。他在旅馆里待得很好，天竺葵在窗前熠熠发光，就连周围的人也都变得易于忍受，尤其是那些来自格拉茨的客人。的里雅斯特和伊斯特里亚在奥地利人的心中留下了海洋的怀旧之情，他们想要逃离多瑙河穿过的沉重大陆，面朝自由的大海。

那里有格拉茨市长，还有一位律师，几位官员和女士，她们有些聒噪，但还算可爱。当恩里克心情好的时候，他会来主持活动，教他们玩手球，让他们在花园里列队一个跟着一个地跑步，这对身体有好处。有些人气喘吁吁，但市长一个人站着傻笑，逼其他人做屈体练习，翻跳过低矮的树篱，如此这般，哈哈哈哈。恩里克让普雷东扎尼夫人在餐桌上少放些吃的，尤其是少放盐，不上甜品，哪怕那些来自格拉茨的人大发抗议，说他们想要奶油圆蛋糕、蛋白霜，最好还有萨赫蛋糕。如果他们继续这样胡吃海喝，他们会死于心脏疾病，或者会变成疯子，盐会让动脉扩张，脂肪则使大脑麻痹。用这些脏东西把自己毒死真的太傻了，尤其是在这里，又没什么汽车，人们可以过得很健康。食品店老板真是群混蛋。

其实这样更好，因为人实在是太多了。人们只想着生孩子，公爵也会给予奖励，因此大自然开始反抗，把人推向毁灭，或迟或早我们会失去视觉和听觉，就像谚语里说的，如鼹鼠般眼盲，似排钟般耳聋。只因为我们相信人总是需要一些东西，例如汤里必须得加点盐，然后人们就会去努力汲取。减少需求，为自己而感到幸福，这是解决这个难题的方法。"不，我觉得他并不幸福。"莉迪亚这样评论他，她是普雷东扎尼夫人的侄女，在她跟那位来自的里雅斯特的教授谈话时，他听得一清二楚。但那个小姑娘知道些什么呢？另外，幸福与词语又有什么关系呢？人们既无法否定幸福，也无法宣称自己拥有幸福。

包括关于巴塔哥尼亚的事情，如果他们真的求他谈起，他也会屈尊开口讲述。他会沉思片刻，带着有所启发的样子，皱着眉头四处张望，然后用柔和的声音开始叙述，弹舌出声。海洋的激浪像大炮一样轰鸣着向荒凉海岸的小岛发起冲击，像鹅一样大的猛禽成群结队地从悬崖上俯冲入海，南美鸬鹚挥动翅膀时发出惊人的响声。鲸鱼搁浅在礁石之间，嘴巴大张着，大到可以吞下一艘船，甚至是两艘。大群猩红色头颈的秃鹫振翅起飞，将天空遮蔽。巴塔哥尼亚猎人用腐烂的羊肉作诱饵，当秃鹫吃饱了飞不动时，便用棍子将其击毙。他们用缠在腿上的流星索去捕捉原驼。马普切人是无法被驯服的，他们的眼中闪烁着一种奇特的光芒。

　　女士们听着他的叙述，时不时笑起来，尤其是当他说到印第安女人的时候。但相比起她们，恩里克更加对自己的嗓音感到惊讶，那样一反常态的激昂且诱人的语调。他所叙述的与他的茅屋、他的马和他的奶牛都没有任何关系。他所叙述的是从未亲见、从未发生过的事，至少他个人从未亲历过，只是在萨尔加里或卡尔·迈的小说中读到过。他甚至没有到过那么南部的地区，只停留在巴塔哥尼亚的北部。没办法，词语会响应其他的词语，而生命不会。他的生命如水般无色，但在社会上时不时要懂得讨人喜欢。

　　他吹嘘自己发现了一片油田，并将其闲置，信守秘密，让这世上减少一点污垢。那应该是在洛斯·切萨雷斯附近，那座传说中由黄金和钻石覆盖的城市，在巴塔哥尼亚的沙漠和峡谷中无法找到，其最后的统治者是印第安反叛者加夫列尔·孔多尔坎基，图帕克·阿马鲁二世。他喜欢这帝王般的名字，空洞的词语里回荡着黄金的声音。他感到遗憾的是，这个名字并不像他所期望的那样来自恺撒，而是来自一位名唤弗朗西斯科·恺撒（切萨雷斯）的普通海员。

就在那里，西班牙的太阳落在一块碎裂而满是锈迹的岩石上。洛斯·切萨雷斯是汉布雷港的传奇，这个充满饥饿、污垢与孤独的城市是为了腓力二世与西班牙在海上的荣耀，由佩德罗·萨缅托所建立。而他最终被德雷克追猎，像瘦骨嶙峋的独狼被群狗追逐，由两块木板拼成的小船在两片大洋交汇处漂流，最终带着伤口与高烧抵达麦哲伦海峡。最后，这位来自汉布雷港的西班牙人终被英国人的愉悦号接走，他在这个空荡荡的小镇上独自生活了六年，在木屋里腐烂发臭的死者、沉寂的教堂、耸入云霄的脚手架之间生活，还有那些被抛弃在地上的一捧捧珍珠，当居民意识到不会再有返回的机会时，便将这些统统遗弃在地上。

那个悲惨破碎的帝国配得上恺撒的名号和隐匿的黄

金之城的秘密。甚至它的油田也是君王般的庄严，因为他让它迷失在那里，销声匿迹被人忘却。而那座山中的城市根本不存在，那个名字纯属偶然，是个巧合而已。被一脚踢翻的贝壳暴露出壳瓣内的空洞与静默。

Mythos 的意思是叙事，而 mythe（神话）是无声的。从远处我们似乎可以听到他们讲述神话故事的声音，但当我们走近时，那个声音就消失了，也许那只是风穿过古老石头的声音，而现在，风也停止了。正是语文学家们在喋喋不休地为这些失落的故事与沉默加上注释。对神话的评论也是对一部并不存在的小说加以点评，用许多聒噪的话语加以修饰。除了托尔斯泰，恩里克并不喜欢小说，那些啰嗦的闲话适合逗乐一桌子的人，而并不适合去写作或阅读。

是那些女人在大肆鼓励他诉说这些胡乱夸口之辞。刚开始他还挺受用，但很快就厌倦了。只要他的蓝眼睛和他的举止尚讨人喜欢，一切尚好。他不需要任何人，或任何女人，但如果有人真的坚持，那他也随性，并且乐意。有一位英格女士，她是一名奥地利记者，长着一对长腿与一张肉欲的嘴。或是维奥莱塔，一位像月亮般柔软与任性的女士，她来自的里雅斯特一个企业家家族，她使他得以用特殊的方式欣赏某些修辞的技巧：一条丝袜、一只优雅的凉鞋、一条带着芳香的丝巾。

恩里克发现，他善于避开所有那些烦人的、会像粘在灭蝇纸上的苍蝇一样纠缠不清的人和事。他从未陷入过某种关系，他甚至不明白那究竟是什么意思。他和英格或维奥莱塔睡了一个夏天，或是两个夏天，但每次都是这样，似乎出于偶然，或者说某种显而易见的事情，不具有任何深意。他甚至不需要断绝关系，是她们或早或迟离开他，带着遗憾又毫无痛苦地离开。他竭力让自己表现出一丝忧郁，接着，他带着更为轻松的心情驾船出海，终日沉浸在那一片沉默与寂静之中。

那艘船名叫玛娅，它很小，只有三米长，刚好够扬帆驶入深海。玛娅的白帆，在某些日子里，在空气中与水面上颤动着刺眼的光芒，是掩盖事物纯粹当下性的最后一层面纱，也许它已经成为了那个纯粹的当下。在海面划过的风帆潜入地平线的裂缝，落入无边的乳蓝色，夏天在膨胀和凝滞，时间像水中的玻璃一样圆润。

他不和其他女人说卡洛的事情，只是偶尔跟戈里齐亚的利妮谈起。那也并不是真正的关系，利妮只是碰巧在那儿而已。一九三一年有一场恶性流感，人们称之为肺瘟，感染了他的弟弟卡洛。那是他母亲最为钟爱的儿子，他在第一次世界大战中打了两次仗，在伯德古拉作为一名奥地利士兵战斗，到了另一边后，又在萨博蒂诺山上作为一名意大利士兵战斗。他的弟弟在戈里齐亚去世，不久之后他的姐姐奥滕西亚也去世了。去照顾她的恩里克一从葬礼回来便发了很高的烧，躺在利妮家的床上，而她毫不害怕受到感染。

他们都觉得他完蛋了，雅内斯也这么觉得，但恩里克知道该怎么做。放血疗法，就像在巴塔哥尼亚时给马做的那种手术。他几乎把自己的血放光了，感到自己身上有很多东西流淌而出，多余变质的废物流走，真是一种解脱。他猛灌烈酒，直到头晕目眩，失去知觉，意识模糊，但仍不时拿起瓶子喝上一口。几天后，他又看清了墙壁的颜色，看到了桌子和椅子，他周身感受到的虚弱无力显得温柔而友好。

利妮不让人来打扰他，但有一天，一位老妇人坚决地把她拉到一边。"我是卡洛的母亲。"她随即走进他的房间。那双黑眼睛，是卡洛的眼睛，葆拉的眼睛，她嘴边的皱纹……当她离开时，她在床头柜上留下了一盏长柄双口的油灯。这是卡洛的灯，那盏因为灯油太过漫溢而熄灭的油灯。妇人出去了，利妮陪她走到门口，回头看到油灯和靠在垫子上的恩里克，他正望着那盏灯。

第四章

一九三三年九月二十一日，恩里克将他的户籍从戈里齐亚迁至伊斯特里亚的乌马格。这种官方文件上的变化是关于他存在的少数确凿的痕迹之一。他逃至阿根廷的过程在任何地方都没有记录，有时他自己也很难准确地重建这段经历，地点与时间顺序开始模糊混淆。而登记处上的记录却是清晰的。当然，乌马格具体指的是萨武德里亚，它归乌马格镇管辖。

　　这一时期他的户籍及地产记录中有着不少变化。一九三四年，恩里克与阿妮塔·普雷东扎尼结婚。她是萨武德里亚的邮局站长，美艳动人。她立即对他产生了好感，并决心凭自己的优雅与持之以恒的信念，使他变得不那么粗野。卡洛的母亲埃玛·卢扎托·米歇尔施塔特祝贺他们，称赞这桩婚姻，特别夸赞了新娘，尽管"我仍无法相信，穆罗伊勒要成为丈夫了"。葆拉也结婚了，嫁给一个瑞士人。她现在姓温特勒，感觉还挺怪的。

恩里克持有贝内代蒂家族卖给他的四公顷土地，包括橄榄树、几棵葡萄树、几棵果树和一片海边的松树林，一九〇九年八月的那个晚上，他和卡洛、尼诺、富尔维娅尔吉娅拉曾在那里停留。他从戈里齐亚带来了一些家具，这些家具是从地窖里最破旧、虫蛀最严重的物品中挑选出来的，还有一堆旧衣服，这样就永远不需要再买其他的了。屋子里没有钟，只有屋外的日晷，安置在灰白的墙上。床边的两把椅子在睡觉时放衣服绰绰有余。快乐来自舍弃非必需的事物，即使是必要的事物也需带着冷漠地接受。他在蓝色的笔记本上写道：赤身裸体的自我，愿望的平静，在心中甚至没有一丝微风。

没有电灯，甚至没有收音机。阿妮塔发现他比她所预期的更为固执，就连在毯子下共度的那些时刻也不足以改变他的想法。晚上想看书的话，有卡洛的油灯就足够了。书放在一个有球形把手的大箱子里，或者放在床下，在地板和床垫之间。当恩里克躺在床上头靠着枕头时，他会伸手摸索着抽出这些书，甚至都不用去看：他清楚记得在哪里可以拿到佛陀的讲经或卡洛的诗篇，他的手在黑暗中甚至不会偏离超过五厘米。晚上他读诗，尤其是《致塞尼亚》，"塞尼亚，我在海底所见的，我只想对你诉说"。

阿妮塔在邮局工作，所以通常是他来做饭。炖一锅汤，可以放上三天的那种浓汤，炖的时候经常会粘锅，总有股糊味，因为他时常忘记灶台上还有锅。柴火是他去几步之遥的树林里捡来的松果，在火中它们会爆裂开来。他自己种植烟草，然后制作粗短的香烟。若有访客前来，他便逃到海滩上。雅内斯医生常来拜访，他住在瓦尔多特拉，同样在海边，但离的里雅斯特更近。他们三个人花了很长时间讨论，畅想旅行。然而，他甚至连巴萨尼亚都不肯去，那里距此处不过一公里，有一个很棒的小酒馆。如果阿妮塔和雅内斯坚持要去，他便让他们二人前去，自己留下来抽烟，看着松林外的大海。

黄昏时，色彩发生了变化。在这色彩变幻的过程中定睛凝视而不移开目光，从而发现色彩的连续与跳跃变化，这颇具趣味。从太阳触到那一棵松树，直到白日消失的那一瞬，其间有四次或五次这样的颜色跳跃。其中最值得注意的是倒数第二次，有几秒钟的时间，色彩与光亮停止了其缓慢的消退，从几乎为黑色的蓝绿背景中出现了一枚炽热的铜币，它在灰色的幕布后面翻滚，最终消逝不见。

　　走两步就可以抵达甘博兹旅馆，或者到小海湾另一边的佩利宗船长那家，再往前走一点可以和奇波拉船长聊天。但他很快就厌倦了。"亲爱的加埃塔诺，"他在给基亚瓦奇的信中写道，"由于命运的安排，我们有幸与卡洛建立了友谊，便很难再满足于与其他人之间的交往所能够赋予我们的东西。"

　　他重读了佛经，在佛祖最后几日的讲述中，崇高自感知的最终边界上升，达到了可感物的消解。他还读了

《伊斯特里亚省佃农管理总条例》，并在他最感兴趣的条款旁边用铅笔作了标记。第七条：佃农须避免为第三方提供个人或利用农场牲畜的工作、搬运或其他手工服务；第十条：佃农可以饲养家禽，数量不得超过佃户家庭每个成员三只，外加维持畜养所需的幼禽。佃农可饲养一头仅供其家庭使用的肉猪。

恩里克确实有佃农：布斯达钦先生与他的妻子，另外很遗憾的是，他们还带着两个孩子。要是他们再生第三个孩子，他就会把他们赶走，这一点他已经明确地跟他们说过了。如果那两个孩子乱吵乱闹，那他们也没好日子过，无论在屋子里或是在外面的田地里吵闹都不行。他们的父母需教导他们不要胡乱哭号，甚至不许在田间或树林里乱跑。佃农是个好人，像所有男人一样有一张大众脸，但他妻子的眼睛，在她农民皮肤的皱纹之间平静地微微眯着，她看着恩里克，仿佛从他的脸上读到的东西远比他从她的脸上读到的要多。女人有宽大的臀部和强壮的手臂：美丽的手臂，播种、收获、做饭、擦洗、洗涤（也包括恩里克的衣物），坚实的臂膀如双耳陶罐的把手，支撑着当下。

布斯达钦妻子的注视是善良的，是一种带着嘲弄与母性的善，但秩序也是需要的，法律令人憎恨，但人们并非生活在尼诺的阁楼上，在那个阁楼之外，世界是艰难的。如果那些令人憎恨的法律并不存在，那就糟糕了。恩里克鄙视这些，又对此进行细致的观察，若我们任凭自己沉迷于那个抱着孩子的女人眼中的坦然微笑，谁知道我们终将去向何处呢。

她也应当学会——包括那个愚蠢的孩子以及另一个叫得更厉害的孩子，他们都要像他一样独自去了解：并没有所谓的生活，没有人在生活。你必须知道自己永远没什么可以失去的，甚至那些他按照规定强迫他们送走的鸡也不算。只有当你明白这一点，你才会获得自由。奴隶们才空谈权利，自由人拥有义务。

你必须坚持《条例》，它教导人们去放弃，去一丝不苟地遵守。恩里克既不害怕人，也不害怕美洲狮，更不害怕永不停息地拍打船只的地中海冷风，但对于段落与条款，他确实心怀恐惧。《条例》规定，佃农需耕种其租赁的土地，然后与地主将收成对半分割。他是地主，必须监督他们遵循法规，例如，孩子们从树上摘水果吃是不对的，因为那样的话，那个苹果或那串葡萄就不会出现在总账中。

他特别注意让两个孩子管好自己的双手。他们为无花果而着迷，但无花果是他的。他并非创造世界的那个人，甚至说，他的想法与佛陀一样——不奢求生命，不持贪念，但同时也注意不要让别人觊觎或触摸你的无花果。有时恩里克会去翻捡垃圾，如果有几颗果核或葡萄皮，这揭露了贪污行为，那他们就惨了，就算在他翻垃圾时布斯达钦的妻子用奇怪的眼神看他也无济于事。他从笔记本上撕下几张纸，在上面记下了收入、支出与供给费用：交付给在旅店工作的阿妮塔表兄迪塔的费用是五百，给佃农的小麦费用是六十六，犁地费用是七十，餐厨费用是五十。

不久之后,阿妮塔甩了他,跑去和雅内斯医生在一起了。虽然加拉帕戈斯计划尚在,但至少他家里有电灯和自来水。那时恩里克问布斯达钦的妻子:"我现在咋办呢?"他既不遗憾,亦未惊讶。任何离开都不会让人痛苦,因为人永远都是陌生人,即使到最终的离别时分也一样,就更不用说一个女人跑路了。他在用刀细削一根棍子的尖头,若刀刃损坏,也就这样吧。

他和阿妮塔之间的故事已经结束一段时间了。她因那样的生活而怪罪于他,她期望过高,脑中只想着奢侈品,最后集中在收音机和暖气上,找各种借口去的里雅斯特,去城里,甚至不告诉他何时返回。那天晚上,她是故意的,在高潮的时候反复打哈欠,并问他第二天去的里雅斯特的汽船的时间。之前有两三次她也这么问,偏偏他讨厌时刻表与时钟,她专挑"精准的高潮时刻"——恩里克也在他的日记中这样写道——"偏偏那恰是由她挑起与索求的一次欢爱"。

那种做法让人感到极度冷漠、效果卓绝，兴许她正是有意为之。夜晚的声音从窗外传来，冲动突然从他身上消失，他皮肤下与脑中的某样东西已干涸枯萎，他无力而紧缩的身体对整件事毫无反应。不是死亡，而是非存在。欲望的最终骗局是相信它、等待它、想要它。那天晚上，欺骗结束了。当事情陷入困境时，真相就会出现，意识熄灭了欲望，死亡熄灭了意识。他重读了《菲罗克忒忒斯》，就像在巴塔哥尼亚时一样：那是唯一真正的英雄，他的创伤使他异于常人。

就算她是故意的，他也没有生阿妮塔的气。要恨她，就必须首先具备狂妄自大之心，愿意相信自己所拥有的那些可怜的成就与胜利。如果非要说有什么想法，他对雅内斯有意见，但更多是做做样子，为了遵守习俗。当这种事情发生时，你不必真的搞得你死我活，像布宜诺斯艾利斯的流氓那样，但你也不能假装什么事都没有发生。一个朋友做了这种事，就只能当他死了。这很可惜，因为他是个好医生，且恩里克也害怕生病，哪怕他在冬天里也是光着脚穿着短袖到处跑。要是在他有需要的时候还能打电话给他就好了。

现在我咋办呢？在巴塔哥尼亚，孤独没什么问题，在这里则不然，孤独太过离经叛道。若要隐于市，你必须和其他人一样，同一个女人生活在一起：一个男人独自生活太过扎眼了。他到戈里齐亚去找利妮，或者说，他假装落入了她的圈套，让她来恳求他，与他一起住在萨武德里亚，而当她来的时候，他粗暴地对待她，让她在门外待了一整晚，反正外面也不冷，而他在屋中安然入睡。

利妮卖掉了她在戈里齐亚的公寓，来到萨武德里亚的那间房中居住。墙壁没有抹灰，天花板的横梁也没有遮上。她只带了一个钟和一个装电池的小收音机。她在楼上收听，关着门，这样不会吵到他。

三月到十一月间，他们在户外进餐，把盘子和咖啡杯放在一个翻过来的蔬菜箱上。恩里克坐在一个更小的箱子上，而利妮坐在一张真正的椅子上，一根接着一根地抽烟。他从戈里齐亚带来的旧大衣用的是上好的布料，衣服上有几处慢慢褪去了颜色，在一次次撕裂与缝补之间，苍白的天空变得更加柔软或更加紧绷。利妮准备食物，做好饭以后，如果他在海上，她便会点燃潮湿的木头，燃烟传信。

有时她与他一同坐船，但通常她待在家里。白日漫长，她越来越喜欢佩林科瓦克酒，才到早上十一点，她就已经喝了不止一瓶了。有时候，当她看向恩里克视而不见的时钟时，她突然意识到已经是下午三点了，于是她把指针调回十二点，做了午饭，然后喊恩里克回来。恩里克上岸后，把船系好，几乎把所有的鱼都扔给了岸上的男孩们，只给他们两人留了几条，他把它们放在松果和木炭上烘烤。

恩里克越来越瘦弱，他的脸庞干枯，满是皱纹，头发永远太长。利妮的手臂也很瘦。他经常要求她为他大声读一些书，他半闭着眼睛，靠在树上听着。利妮给他读佛陀入灭前的讲经，跳过了世尊最喜欢的弟子阿难说话的几个段落，因为恩里克听到弟子的事就很烦躁。她为他读《说服与修辞》中的几页文字，或者卡洛的一些诗歌，"你想从背信弃义的大海中得到什么"，但从不念《健康对谈录》。她还念了一则德语版比昂松的故事，全都是沉默的水和金发的女人。

利妮不爱书，但她尊重书，谨慎地对待书。每次在尝试整理书籍时，她知道那其中含有生命，重要的生命，过不去的生命，恩里克的生命。她讨厌其中一本书，那本书与其他书放在一起，是林赛和埃文斯所写的《友伴式婚姻》。谁知道他们是什么人，也许是一对夫妻，起码是一个男人跟一个女人，若是这样的话，他们肯定对一些东西知之甚少。真的，有时候她甚至觉得友伴式婚姻的想法也不是那么糟糕，或者说还挺好的，尤其是有的时候，恩里克因为她唱反调而发脾气一把将她推下床，或者，要是他发现她在飞机经过时向空中看，他就从窗户把一桶水倒在她身上，教她该如何去欣赏那些发出刺耳噪声的愚蠢东西。

有些下午，利妮不想看书，佩林科瓦克酒让她的舌头发酸，她便向恩里克抱怨说，当他在海上时，布斯达钦孩子们的尖叫声让她头痛。恩里克后来骂了这个佃农，后者便把气撒在他妻子身上，而他妻子由于不能给女主人一个巴掌，教训那个像圣伊塞波一样干巴巴还要摆架子的贱人，便把耳光赏给了两个孩子，接着再捡起利妮总是到处乱放的东西，毕竟这也是布斯达钦妻子的工作内容。

有几次，星期天的时候，迪塔和莉迪亚·普雷东扎尼，还有佩利宗和奇波拉船长也会前来拜访。如果没有其他人来，恩里克便不会避开，而是留下来玩布里斯科拉牌或科特乔牌，听他们讨论各类话题。有人提到，元首失去了理智。他心满意足地听着，略微歪着头，举起手指郑重地弹弹舌头，"对，没错，说得好"。现在，那些法西斯分子所做的肮脏的事，已经不限于斯拉夫人，他们也开始拿犹太人出气了。恩里克想到了卡洛和葆拉那双深色的东方眼睛。有一次，葆拉来看望他，她现在有了一个儿子，他的名字当然是叫卡洛。当葆拉离开后，恩里克呆呆地看着大海，背对着其他人，背对着爬上爬下摆放盘子和杯子的利妮，待了很久。

就算是在萨武德里亚，人们也生活在由元首统领的帝国中，哪怕他们还没有意识到这一点。因其不是而愿如是，因其愿如是而不是。这种疯狂的想法正合适把斯拉夫人弄得晕头转向，让他们忘记几个世纪以来的历史。但我们必须承认，他们是些给法西斯分子制造麻烦的人，他们并不害怕死亡。他们甚至不惧怕恐惧本身，他们不向破产的生活乞求施舍。

无论如何，这将走向灭亡，人们必须从这场梦中醒来。所有的信仰都只是一个梦，一个未来的噩梦。奇波拉的一个朋友——一个共和主义者——已经去西班牙参战了。其他人在桌前，即围坐在一个大箱子前，以钦佩的口吻谈论他。恩里克什么也没说，随后起身去海边散步。

日子并不好过，他们需要的东西很少，但物价越来越高。恩里克把委托书交给戈里齐亚的一个熟人，让他把他在蒙法尔科内的公寓卖掉。他还在一张纸上详细记录了他的大小开支。当他弟弟的女儿莉娅来探望他时，他很高兴。恩里克发现她喜欢光秃秃的房子，喜欢松树间的风与被风吹动的海浪。他带她到海滩上，在岩石和洞穴间，给她看潮水覆盖时像花朵一样开放的红色多肉的海葵，和她一起收集虫子做诱饵。

他们也会坐船出海。莉娅操帆学得很快，当玛娅好像就要撞上岩石却突然调头远离海岸时，她会开心地大笑。那笑声清晰而近在咫尺，看着这样的笑容不会有痛苦，就像与富尔维娅尔吉娅拉在船上时一样。

莉娅看起来像她的父亲。恩里克看着她，时不时有些后悔，自己之前与弟弟的交流并不多。如果他们在一起多玩一玩，他们可能会相处得很愉快。在回来的路上，莉娅潜入水中，游到岸上，仍然湿漉漉地跑去准备点火烤鱼，她丢掉烧坏没用的松果，喊他再去收集些大点的松果，他心甘情愿地按照她的要求去做。

有时候他们一起去游泳，他任由她从背后袭击，把他按入水中。也许世上不是只有卡洛和葆拉，或是其他那些他像躲蚊子一样极力避开的人。恩里克还搞清了莉娅的口味，他会在鱼彻底烤糊前把它从火上拿开，因为她喜欢吃带一丁点糊味的烤鱼，再撒上一些迷迭香。莉娅开心地吃着，甩动头发，突然把头朝后仰去。这不是佛祖在树下开悟，但恩里克感觉很好。也许这位侄女可以再多待上一阵子，时节正好，他也会多做准备，少不了她喜欢的那种烤鱼。

　　但是夏天闷热，蓝天很快被阴云遮蔽。当莉娅的母亲来接她时，恩里克告诉她，他的弟弟不管不顾地把孩子带到了这个世界上，更何况随着他的离去，那些孩子都将是无名之辈，什么也不会有。他还要求她把印有弗朗茨-约瑟夫肖像的奖章还给他，那是一块不值钱的垃圾，但他说那是他父亲的，是他的，不是他弟弟的，他不会被一个老太太欺骗，她现在连他的亲人都算不上。

有一次，卡莉亚的女儿莉塞塔来了，她像卡莉亚一样热情冲动，她也热爱马匹。他给她讲印第安人和小马驹的故事，他们扮演卡尔·迈故事中的角色，他是老铁手，她是温尼图酋长。他很高兴她不是他的女儿，这样一切都更加轻盈，也更容易接受了她出发前往德国，再也没有回来。

埃玛夫人经常给他写信。她已经八十岁了（"愚蠢的八十岁"），她向他讲述了她在戈里齐亚的生日聚会。她一整天都在家里接待客人，从早上九点到晚上十一点，信件、电报与鲜花络绎不绝。为什么时光飞逝？比起阿妮塔，她更喜欢利妮，但她想亲眼看着恩里克的眼睛，了解他是否真的过得很好。可能不是吧。为了不受苦，为了继续向前，必须像所有人一样。一九三八年《种族法》出台时也是如此，她努力继续向前，她给了他一些关于芦笋和缬草烹饪方法的建议，问他是否还像他们最后一次见面时那样，一条裤腿比另一条长。他含糊地给予应答。他并不喜欢"继续向前"这种说法。

埃玛特别跟他说起了她的外孙，葆拉的儿子。他们住在马尔莫拉达山上，两人都是。葆拉的婚姻很不顺利，但马尔莫拉达山高耸入云，光芒耀眼。外孙卡洛高兴地扔着雪球，照片上的他帅气地大笑着。老太太想，被美貌所迷惑是不对的，这样被容貌或健康所诱惑并不合适，但她仍继续看着那张照片。要是她没那么老，她就会去萨武德里亚，但其实见面也并没有那么重要。"里克，我们的纽带是不能被打破的那种"。当然，他也可以在回信中多说些话，但即使是书信体也是文学，而他鄙视文学，他更宁愿写几个 quominus 连词的特殊用法。

每隔一段时间，比亚乔·马林会来看他，并尝试说服他至少在房子前种一丛玫瑰，这样会让利妮高兴。比亚塞托无法理解卡洛，尽管他从未忘记在戈里齐亚高中内院的那个早晨，他看到卡洛在脱下圆形西班牙式礼帽后在喷泉边喝水，整张脸都浸在水里。比亚塞托热爱落下的水、坠落的重量、充满了欲望与饥渴的流动的生命，它不断变形、消解。他是一个诗人，只能够在感性和有限的事物中看到上帝，而这些事物总是变成别的东西，用于饮酒的双耳陶罐与用于亲吻的嘴唇，贪婪的偶像以及它们的消亡，这使人陶醉，是永恒的赞美诗。

而恩里克想到的是卡洛在别人只看到黑暗的地方看到的光，没有海岸的大海，从来没有被船体犁过，在那片海里永不变化也不落下的太阳，那片属于柏拉图的思想的天空，而不是荷马的众神。但有时那耀眼夺目的天空在他看来是黑色的，他闭上眼睛，坠入眼睑之后的黑暗。雷电灼烧，使万物枯竭。为什么非得是他？也许需要一棵更强壮的树，有更丰富的汁液，才能接受那盏灯的光芒而不被它灼伤。他羡慕马林没有被闪电击中，在那么多转瞬即逝的神灵中，他处处都能见到永恒。

但是，马林在自己的内心中仍存留着那日清晨在喷泉前的一幕，永不磨灭。"我们既不能相互忽视，也无法相互遗忘。"恩里克在给他的信中写道。虽然在给葆拉的信中，他略带傲慢地评价道，比亚塞托对卡洛"没有很透彻的理解"，因为他爱的是这个世界，而"卡洛是个圣人，除了圣洁之外没有别的伟大之处，而神圣无它，仅为与这个世界的超然，对一个与这个充斥着疯狂和痛苦的世界所不同的世界的需求"。

有些下午，他们会去巴蒂拉纳家。那座房子与他们自己家一样明亮、温馨，有一架钢琴可供弹奏。舒伯特，贝多芬。就像阿尔吉娅，在同一片海前的弹奏。有时，他们会弹些轻松的曲目，莉迪亚唱《鸽子》，利妮弹西特拉琴。这些游离的声音与她略带酸楚的脸庞很相称。恩里克对她微笑，她也回以微笑，她忘记了他曾一把将她推下床，甚至让她受伤，但她记得他的那些以"吻你"结尾的信。忧郁从她眼中消失了片刻，如闪电转瞬消失。但一把西特拉琴算不上什么，一切归于沉寂，而天空中飘过大朵的云彩，大地旋转，糖和咖啡越来越难觅见。薄薄嘴唇上的苦味很快又回来了，幸运的是，佩林科瓦克酒和果渣总是唾手可得。

恩里克的脖子上有一个脓包，起初他没有注意，但它越长越大。最后他算是想通了：他更害怕的是疾病和医生，于是便打电话给了雅内斯。我以为你不会来的，他说，而对方在他身前弯下腰。"我是以医生的身份来的。"雅内斯回答道，眼睛躲避着他的目光，同时准备着手术的小刀。雅内斯回到瓦尔多特拉，卖掉了一部分房子。岁月艰难。然后他生病了，一种皮肤癌，吞噬着他的脸，就像被扔进火炉里的旧书，皱巴巴的封面被火焰卷起、吞噬。恩里克很了解他，毫无疑问，他最后会自我了断的。但他却是一点一点死去的，就像蘑菇上附着的顽固霉菌。感谢上帝，事情到了最后很快就结束了。美丽而疲惫不堪的阿妮塔去了的里雅斯特。

恩里克继续驾船出海。他经常带着佩皮，他是个渔夫。他很喜欢跟他一起待在平静枯燥的海上。佩皮去莱比锡后，给他寄了张明信片，他把它跟他的证件放在一起。一九三九年，葆拉来看望他，看着那双深邃的眼睛，他觉得这个世界并不只是一个错误。

战争来了又走，就像一个回声。或者说它并没有离开，而是像闷热的天气一样滞留。恩里克通过镇上的年轻人离开、返回或不再返回的消息，间或得知战争的情况。他听人说起，却并不知悉。莉娅从戈里齐亚给他寄来了包裹，布斯达钦夫妇在乡下劳作，甚至连他都忍不住比以前更多地关注起报上的消息。幸运的是，大海同以前一样，从船上他可以看到海底的鱼影。一九四一年的冬天，布拉风特别冷，恩里克带着感激地记得，是雅内斯之前说服了他，至少在厨房里放上了暖炉。

德国人逮捕了卡洛的姐姐埃尔达。母亲独自一人，她在来信中写道，她对所有事和所有人都感到失望。没有人，无论是亲戚还是朋友，对她抱有任何同情，没有人有勇气去看望一个犹太老妇人。您很幸运，亲爱的里克，您的生活远离这个狭小、邪恶而毫不真诚的世界。种族灭绝的世界对于那位妇人只是太狭小了，而她更担心恩里克，怕他太过孤独。她在信中写道："如果我不是这样衰老孱弱，我就会去看您。"她抱怨说她缺少她哥哥那样强烈的求生欲，她哥哥已经八十六岁了，刚刚遭遇了一场事故。埃玛说她在等待最后的平静降临，返回我们来时的土地。"但说到土地，亲爱的里克，我想您会对您的土地和今年长势良好的麦子感到满意。"

有时候，在萨武德里亚也有骑着摩托车飞驰而过的德国人，他们在一些房子的院中说出干巴巴如鞭笞般的话语。恩里克听说了在格鲁比亚发生的一些事情，法西斯分子从皮兰来，打死了两个窝藏游击队的女孩，也许她们只是藏起了一些传单。他从来没有去过格鲁比亚，他甚至从来没有去过巴萨尼亚。一些年轻人，也有些老人，他们弃家逃难，一些女孩经常来回跑动，到伊斯特里亚内陆的一些地方收集木材，然后晚上在一些房子里聚集。

德国人四处蔓延、大肆清洗。据说有三个年轻人被吊死在路边，吊钩插在喉咙上。那是在维斯扬附近，也有人说是在帕津。三人被抓了以后，有一个完全说不出话来，而另外两人高喊着"打倒法西斯，铁托万岁"，拳头握紧高高扬起。其中一人懂德语，他们把他吊起时他说了一些话，让中尉满脸通红，他还试着朝他身上吐痰。这就像在巴塔哥尼亚的智鲁岛人一样，但在那里他们只知道如何去受死，而这些人，理所当然地也知道怎样去杀戮。他们说，在内雷特瓦河和科扎拉河畔，德国人面对衣衫褴褛从森林中走出的流民，目瞪口呆不停地向后撤退。

他们在墙上写着"的里雅斯特是我们的"，不是铁托想要伊斯特里亚，是伊斯特里亚想要铁托。"我们献出生命，但拒绝交出的里雅斯特。"据传，一些意大利游击队员在与这些共同对抗德国人和法西斯的战友交谈时，抗议说这不是真的，斯拉夫人不应再受压迫，但应本着共同摆脱了暴君的民族间兄弟情谊，尊重意大利人和他们的权利。有些说这种话的人消失了，最后尸体出现在落水洞中，或是在秘密藏身地被德国人抓获，天知道他们是怎么暴露行踪的。

这也是种无声的痛苦，是重物的坠落与压碎，是生命的疯狂，它妄想着能够自我救赎；是自我的幻觉，它沉沦于兽性的存在，最终从世界的疯狂中找到解脱。老虎认为吞噬羚羊是件好事。幸运的是，生命不是永恒的，它只是一个微小而痛苦的否定副词，μή ὂν，不存在。永恒的火焰灼烧着那个"不存在"，发出细小却剧烈的刺痛。包容与化为火焰意味着将自己从所有易变的事物中解放出来，而没有什么比人更易变的了。

墙上的那些文字是那些以为自己即将获胜的人书写下的谎言，但若带着轻蔑否认那片红色的伊斯特里亚土地也是斯拉夫的土地，这也是一种谎言。轻蔑如啐在空中的唾沫，最终落在自己头上。更多的消息从前方传来。在拉宾附近，战斗仍在激烈进行之中，而同时铁托主义者把有罪的或无辜的意大利人都扔进了落水洞中，或者用铁丝绑住他们的手将其溺死海中。一个巨大的泡沫破裂了，如果人们能够回到戈里齐亚，回到学校的课堂上，谈论那些现在正在破裂的无声的东西，如果卡洛学会了斯洛文尼亚语，也许，谁知道呢……荒谬的是，即使回去也没有任何用，一切都会重演，同样的错误，同样的恐怖。

德国人把埃玛和埃尔达运到了奥斯威辛，葆拉在瑞士。一个沉迷于通灵仪式的邻居告诉她们不必担心，因为她在小桌上召唤了卡洛，他敲了三下，以此回复并无危险，她们会活下来。埃玛于一九四三年去世，那时她刚到集中营，而她的女儿在第二年去世。卡洛和他的兄弟吉诺在年轻的时候就自杀了，他们身上古老的犹太人的痛苦在一场无法补救的分裂中爆发，而要杀死一个八十九岁的犹太老妇人却需要奥斯威辛，需要整个第三帝国上演的这一场好戏。

就这样，那个有千年历史的帝国恰恰证明了修辞就是死亡与毁灭。是的，恩里克告诉自己，并在给葆拉与一些朋友的信中说，卡洛的确是最伟大的。他的太阳——他写道——甚至比巴门尼德和柏拉图的太阳更强，它的光芒更远。哪怕是所有这些悲剧与恶行，它的回声，沉闷而变形的回声，也只是在向他耳边不断重复那个名字。

阿尔吉娅也死在某个集中营里。她不是犹太人，但面对正在发生的事情，她无法保持沉默，她大声反对正在驱逐犹太人的纳粹。根据某些传言，她曾与游击队联系。有人告诉恩里克，她怀着对卡洛的记忆如此说话与行动，心中毫无恐惧。恩里克一言不发，眉头紧锁，他看着松林和萨武德里亚的海岸，岸边无人，在那些礁石之间，他又能与谁倾诉交谈呢？他不安地想着葆拉的深色眼睛，也许永远不再见她会更好。

一九四五年五月一日，解放萨格勒布的前一周，铁托的第九军团抵达的里雅斯特。红旗与白红蓝旗如云遮日，在那片红铜色的光芒中，园丁肆意收获，在漫漫长夜后到来的革命，也意味着四处扩散的黑暗暴力。在戈里齐亚，一些人被带走了，其中还包括皮娜，尼诺的遗孀，她再也没有回来。

恩里克和佩利宗船长也遭到逮捕，被带至乌马格镇。光是与这么多人共用一间牢房这么长时间，就足已令人无法忍受。房间里有一股腥臭味，那是来自恐惧的酸臭，不是来自夏天的炎热，也不是来自疲惫。不要害怕死亡或其他东西，不要害怕恐惧本身。带着信念活在这一刻是不容易的，臭气熏天，审讯与殴打，不要奢望它们会过去，未来会有门打开，你可以走出去。在那里，人们应该是一个圣人，只有圣人才不会害怕任何东西，但他从未要求成为圣人，甚至连卡洛也没有。在那间阁楼上，他的愿望只是和他的朋友们一起好好待着，仅此而已。

恩里克很害怕，但他的脾气也很暴躁。在牢房里，他无法去思考苏格拉底，同时也不能控制住自己的烦躁。他轻蔑地拒绝了汤，那些是人民保卫部的人吃的，他可不要吃，那种稠汤给秘密警察正是好东西，总比他们习惯觅食的猪圈里的饮食要好。当他们向他提出愚蠢的问题并威胁他时，他火冒三丈地顶了回去，用意大利语和斯洛文尼亚语侮辱他们，待他们好像要从桌边赶走的野狗。于是他们失去了耐心，而这回则是动真格的。

被打是一种奇特的体验，当然了，不能只用奇特来形容。他试图回忆自己小时候的事情，但什么也想不起来，在试图捂住脸或肚子的时候，要很好地记住一些事情是不容易的。

恩里克从来没有被打过，他甚至从来没跟人动过拳头。这种直接而凶猛的接触使他不安，也许他在交火与枪战中不会那么害怕。在巴塔哥尼亚或在海上，他面临过危险，但这不是一回事。世界落在他身上，巨大无垠的世界将他压垮，把他撕成碎片。他一直无法忍受那些与你交谈时触摸你、挽着你的胳膊的人，这很痛苦，非常痛苦。但最重要的是，这是一种不雅的滥交，他喜欢与人保持距离，他向来都不想同任何人睡觉，总是分开睡。仅有的一次动手是在潘帕斯草原上，他们二人均赤手空拳，他亦不知该如何自卫，不知所措间只能蹲下身、捂住头，像一个躲在被子里的孩子。多么可耻！

这种情况并未持续太久，他们很快就意识到弄错了。几个在党内的农民向当局解释说，教授是个奇怪但无害的家伙，他从来都不是法西斯分子，甚至说，他也不是民族主义者，他不伤害任何人，也不对别人提要求，他还懂得斯洛文尼亚语，尽管说起来他要是学过克罗地亚语那就更好了。最后，他们释放了他，甚至还向他道歉，一位来自萨格勒布的上尉开车送他返回萨武德里亚，他的意大利语说得很好。他告诉他，随着革命的进行，这类事情决不能再发生了。恩里克没有说话，这不是表达他的想法的时候，无论是关于革命、反革命，或是关于所有这些想要未来加速到来的人们。

他们也释放了佩利宗，他设法获得了出国许可，抛弃一切去了的里雅斯特，在那里作为流亡者在市政府找到了一份工作。对于船长来说，下船上岸的时刻到了。恩里克也可以离开，但去哪儿呢？是去像的里雅斯特那样充满噪声、汽车和混乱的城市，还是去远离大海，得一直穿着鞋子的戈里齐亚？利妮变得更加粗鲁了，喝酒时会多喝上几杯，但她什么也没说，让他自己做出决定。

有人欣赏他留下来的勇气，但他害怕，害怕留下，更害怕离开。不，他不是英雄。卡洛可以成为一个英雄，但他不想那样，因为英雄必须获胜，而胜利只是一种伪装或是葬礼上的哀恸，能感动公众、对手与审判者。如果不给他们桂冠，他们就上演一场好戏，那么又怎能拒绝赋予他们桂冠呢？英雄和胜利只是花招，菲罗克忒忒斯实际上是输了，他既没有炫耀他的肌肉，也没有炫耀他敏感的心，而是炫耀他腐烂的伤口，让人无法接近，使他更加孤独。

恩里克心怀恐惧，他不是害怕人，而是害怕那些他必须不停签署的文件、身份证件、证书、人口普查表格与声明，甚至害怕税收。土地改革夺走了他一半的土地，交至佃农手中。布斯达钦夫妇成为了业主和他的邻居，但他并不生他们的气，反正若不给他们，也要给其他什么人，而他们也是正直而骄傲的人。他憎恨这个制度，但必须承认，这些年来，布斯达钦夫妇一直在努力地劳作。生活很艰辛，他靠着剩下的一点土地艰难度日。空气中笼罩着一种模糊的威胁，甚至在海滩上散步也被一种黑暗的不确定性所笼罩。一个来自米兰的朋友在给布鲁诺·巴蒂拉纳的信中谈到他时说："那位教授被遗弃在萨武德里亚海角，脖子上挂着绞索。"

在这一边，存在是一个沉重的负担。"亲爱的比亚塞托，如果事情不作改变，我恐怕坚持不了太久了。人性的毁灭是如此彻底，哪怕最微小的活动都变得几乎不可能。也正因此，我就此收笔。"不去书写，不去决定，不要着急。归于静寂，归于无声，像橡树一样静静地站着，眺望大海。"亲爱的葆拉，人们不断离开。我仍然

不知道我的决定是什么，但它并不急迫。当然，我唯一
的希望是不要离开大海……"

　　萨武德里亚海角也是远方正在进行的一场游戏的一
部分，与其说是意大利和南斯拉夫之间的游戏，不如说
是强权之间的游戏，这些强权没有读过《说服与修辞》，
认为他们可以通过争辩获得世界的统治权。边境线在不
断变迁、延长、缩短，先是在外交官们交换的纸片上，
随后被扔进垃圾桶中。如果不是莉娅和巴蒂拉纳夫妇借
钱给他并尽可能地帮助他，即使对恩里克和利妮来说，
有时日子也很难延续下去。他们还夺走了玛娅，他的那
艘船。

　　有一天，托侬奥·佐尔泽农带着他的妻子和两个小
孩来到这里。他是蒙法尔科内造船厂的一名工人，是工
厂秘密党小组的首批组织者之一。他曾被关押在法西斯
的监狱里，并被德国人转移。在逃离德国后，他在伊斯
特里亚当游击队员时遇到了布斯达钦。他是意大利人，

但他支持将的里雅斯特和自由区并入南斯拉夫，因为南斯拉夫是一个共产主义国家。对于无产阶级革命来说，民族差异并不重要，必须要拯救全世界和人民。因此，他也曾被蒙法尔科内的民族主义者所攻击。

他想住在南斯拉夫帮助建设社会主义，这个因战争而疲惫不堪的国家需要技术工人——大约两千个像他这样的人。两千名来自蒙法尔科内的意大利人与三十万名分批从伊斯特里亚、里耶卡和达尔马提亚逃往意大利的意大利人相遇，他们都离开了自己的家园、自己的根及所有的一切。佐尔泽农要去阿尔萨的矿场工作，他是来和布斯达钦告别的。他的妻子沉默着，有些茫然，两个孩子坐在他们带来的几个行李箱上。佐尔泽农谈论着社会主义与未来，恩里克出去散步，去听海的声音，利妮给了两个孩子一些水果。

"亲爱的比亚塞托，多年来，我未曾真正生活过，只体验了自己生命的无力……"但当他的侄子格里高利带着家人来看望他时，发现他一如既往地粗鲁无礼。恩里克很高兴见到他们，但要求他们把车停在别的地方，他不想看到周围有车，劳驾他们配合，还让他们把那些手表也摘下来，至少跟他在一起的时候不要戴。随后他开始抨击铁托与当局，毫不在乎附近的那两位民兵是否能听到他的话，听到更好。他提高了嗓门，就让那些斯拉夫人等上一千年吧，然后再来考虑取代威尼斯的位置，也许到那时候他们还真能学到点东西。显然他们一直是蠢蛋。格里高利和他的妻子不安地四处张望，但那两个民兵假装没听见。他们都认识教授，二人相视一笑，就是那种在学校里努力不被老师察觉的偷笑。

现在，特别是在晚上，恩里克经常和巴蒂拉纳一起去海边散步。他身材笔挺而干瘦，白发越来越长，在风中飘扬。他的眼睛似乎变得越来越蓝，颜色越来越淡。他谈起了卡洛，说了很久，用夸张的手势指着大海。巴蒂拉纳默默地听着，跟随在他身后一步的距离。"有谁比里克更能向我这个卑微的、惶恐的小人物介绍他二十岁朋友的神奇力量呢？爱的闪光，不屈不挠的意志的雷鸣，像上帝一样合而为一。"

但恩里克常常中断自己激昂的讲述。当巴蒂拉纳用他看卡洛的眼神看着他时，他会觉得有东西郁结在心中。结存于一点，成为火焰，在说服中拥有自身……他们让他独自一人，看着男孩和女孩在海边玩球。有一个姑娘闷闷不乐地闭着嘴，她双腿修长，一脚把球踢入水中，球在浪间上下浮沉，但总停留在同一个位置。

恩里克往回走去。他与利妮很少说话，也不回复比亚塞托的信与诗，或者只写两句话来解释他的沉默。甚至对加埃塔诺，他也只是写信为没有给他写信而道歉。关于莉塞塔的来信他无动于衷，信中叙述了帝国的崩溃与苏联的入侵，她的丈夫和两个小女儿在格但斯克经历了所有这些事情，她如何带着女儿们同众人一起逃难。另一方面，他满怀怨愤地给莉娅去信，让她把他们共同拥有的房子中她的那部分与他的部分交换。的确，她的那部分更大，她也付过钱了，但她是从她父亲那里得到了这笔钱，而她父亲与她一样是从他的母亲那里得到的这笔财产。是啊，他是她的乖宝宝，她只为他着想，而不是她那个在巴塔哥尼亚的儿子。就算莉娅做出了自己的贡献，他也毫不在乎，她就该按他说的去做。要是每个人都觉得自己有发言权，哪怕是一个不懂希腊语的无知之徒，那这事儿就糟了。

莉娅没跟他计较。她甚至给他寄来了包裹，还寄了一笔钱过来，也许比他的那部分公寓价值还要高一些。恩里克开出了一张收据，阴沉着脸勉强写了些感谢的话语。那些女人，莉娅或布斯达钦的妻子，经常有一些伟大或自由的东西让你感到烦躁，哪怕只是她们上菜的方式。这令人恼火，可能因为女人不知道行绅士之事系自大狂者所为。

基亚瓦奇正在编订新版本的卡洛作品集。"亲爱的加埃塔诺，为你能做到这一点感到高兴吧……你和阿兰焦的名字将继续与他的名字联系在一起，到时候人们会认识到他是欧洲有史以来最伟大的人。"另一方面，他毫不在乎自己的名字未与卡洛一同出现，隐去最好。他没有基亚瓦奇和阿兰焦-鲁伊斯的编辑能力，实属幸运。在给加埃塔诺的信中，恩里克隐隐约约地写出了此份隐藏的骄傲，虽然他随后用笔轻轻地划掉了这句话，但字迹仍清晰可辨。卡洛是西方的佛陀，这就够了。当《文学集市》杂志（专门为米歇尔施塔特出版了一期特刊）想起他并要求他写一篇文章时，恩里克寄来了寥寥数语，这几句话夹杂在其他许多人详尽细致的文章之间，只是简单地说，卡洛与佛陀是西方与东方两位伟大的正觉者。

熄灭，使可感知的东西变得迟钝，就像佛陀，不再去感知那些变化的以及让比亚塞托欢喜的事物。他又见到了佐尔泽农的妻子，她疲惫不堪、惊慌失措，从监狱到领事馆再到大使馆，穿越了整个南斯拉夫。托依奥在裸岛，在这个光秃荒芜的岛上，铁托设了一个劳改营。这个女人用一种更为沉闷而非激动的声音叙述，她没办法把话讲完，又从头开始诉说，不停地中断又重复自己的话语。当时铁托与斯大林决裂，蒙法尔科内的共产党人提出抗议，最后跟乌斯塔莎及普通罪犯一起被关在裸岛和圣格古尔岛，这两个亚得里亚海北部的岛屿被改造成劳改营，就跟他们有些人在德国待过的地方一样。或许也像那些在其他地方的劳改营，虽然没有人谈论这些，也没有人愿意相信那些零星的证据，似乎更多自诽谤或幻想中产生。恶人同盟是有效的，恩里克十分清楚这一点。

女人谈起裸岛。她的低诉如水流淌，话语是无害的，甚至有如爱抚，即使其中包含着恐惧。正因此，书籍是如此简单，所有的书均是，而事物与人则难解得多。恩里克听到了在寒冷之中、暴行之下的强迫劳动，听到了被殴打、死去、头被埋在粪坑里的人，听到了那些企图抵抗的人会被其他囚犯摆布，这些人越是热心地虐待那些拒绝改过的狱友，便越有希望改善自己的待遇。

很长一段时间以来，托依奥的妻子都没有关于他的确切消息，她甚至不知道他是死是活。她从一个办公室跑到另一个办公室，向领事馆及部委去信，没有人有任何消息，没有人告诉她任何事情。在南斯拉夫，他们把她打发到各个地方，而在意大利，他们甚至不知道伊斯特里亚在哪里，更别提那两个小岛了。就算他们最终掌握了一些信息，他们也只有幸灾乐祸。英国人和美国人甚至不愿意听人指责铁托，报纸对修正主义的南斯拉夫大肆谄媚，但他们绝口不提劳改营和强迫劳动。

这个女人身无分文，她和她的孩子们没有任何经济支持，另外还有很多像她一样的人。一些克罗地亚家庭尽量为他们提供食物和庇护，与此同时，托依奥——如果他还活着——和其他人一起毫不屈服，不做自我批评，在那个劳改营里抵抗着，以斯大林的名义。

女人离开了，她想去萨格勒布，去监狱管理司，他们给了她一些火腿和水果。这就是生活，其中充满了曲折变化，深受诗人、神话与变形的歌者所热爱。恩里克闭上眼睛，他想要走到知觉世界的彼岸，如佛陀一般，觉醒的意义便如此，意味着沉睡。即使海水折射的光线会伤到眼睛，裸岛四周的海水迷人，却凶猛地环绕着那里。从背信弃义的海中你还想得到些什么？

"亲爱的葆拉，十月十七日快到了。时光流逝，我更清楚地看到卡洛的伟大……年复一年，我对卡洛越发亲近，他是完美的圣人和贤者。"葆拉也借给了他一笔钱，他很高兴自己对她心存感激，不管何事将他们联系在一起。唯一的一次，他想了好一会儿是否要离开萨武德里亚，那时他得知在科蒙斯的科利奥山上有栋小房子，那里离葆拉的家很近。

他们不是一直生活在一起吗？很快他就有十七年没有见过她了，甚至在一九〇九年皮兰和萨武德里亚的那三天之后，他们见面的次数屈指可数。但是，若树枝成长而互相远离彼此，同样的汁液仍流经它们的体内，那分离又有什么关系呢？他在信中写道："祝愿你和我在新的一年中，不会违背我们的（与历年基本相同的）愿望，就像过去那样。"但这些愿望实现与否并不重要，重要的是它们是一样的。

他没有去葆拉那里。他的通行证已过期，续办需要很多手续，需要提交申请、盖章，甚至还要拍照。他请她在十月十七日代他去卡洛的墓前，并以他的名义放上紫罗兰，就像埃玛夫人过去所做的那样，用帝国高中广场上的七叶树的黄叶包裹着，他和卡洛过去放学后经常在那里散步。

葆拉在一九五六年六月一日他生日那天前来看望他。七十岁了，这意味着什么呢？卡洛二十三岁，葆拉七十一岁，那双黑色的眼睛经历了多少岁月？利妮准备了一些吃的。海水在松林那边闪耀，海风拂过她的脸庞，葆拉弯下腰，捡起一颗松果，瞄准一棵树扔去，错失了准头，笑了起来。愿这一刻永远不要过去，那颗松果和那个没有未来的笑声，还有岁月在握着松果的手上留下的褐色痕迹。亲密与颤抖伴随着那份熟悉的感觉，他正犹豫着是否握住那只手，因为什么都未曾发生，生命已在一起度过。葆拉回来了，又来了两次。两次已很多，即使是在皮兰和萨武德里亚的那三天也是极漫长的时光。

他确实应该去戈里齐亚，去那儿扫墓。他甚至不需要通行证，因为墓地在新戈里齐亚，在南斯拉夫一侧。但他并不着急，所有的事情都过分急迫地等待着完结。也许有一天他也会去巴萨尼亚，但现在的他需要平静。出发需要准备妥当，需要决定日期和具体时间，需要问询公交巴士的时刻表。一段时间以来，他更加不愿意将事物加以确定，而甘愿去聆听它们的嗡嗡声，这响声遮盖与混淆了所有人自四面八方给他传递的各种信息。他给加埃塔诺写信，在信件右上角署日期的地方他写上了"五月二十日（大约）"。当时他恰好不记得具体日期了，又懒得去加以确认。反正就算日期是二十三日也没什么区别。

有人——他不记得是谁了——叫他写回忆录，但他拒绝了。他的回忆是属于他自己的，把它们留给别人就好似托尔斯泰的狂热，把一切都给穷人。有时他觉得自己也想把它们写下来，写成他的回忆录，但又该如何去做呢？他需要更多的安宁和平静，需要确保没有人会上门打扰。与其他地方相比，萨武德里亚海角确实很安静，但你不能确定会不会有人来，你必须万分确定，才能开始写作。

　　他越来越频繁地在礁石间漫步，部分原因在于，他听不明白人们甚至利妮跟他说的话，或者当时他明白了，但想要去回答时，却记不得他们的问题了。而在礁石上方海鸥的叫声中，他却没有任何问题。他一如既往地光着脚，一定是变得更耐寒了，在衬衫外面不穿任何衣服，甚至在刮起冰冷北风的时候都不穿。利妮帮他把头和胳膊穿进毛线衣里，然后他感觉好了许多。他逗留的时间越来越长，甚至一连几个小时看着大海。当他看到浅水区的刺海胆时，他伸出手去，把它们捉住，然后被刺疼了手，但很快便忘记了此事，再这么来一次。

人们谈到了托依奥，一位曾去过的里雅斯特的萨武德里亚人见到了他的妻子。他和其他人一样，已经自由了好几年了。他回到了蒙法尔科内，他的房子被送给了一个南斯拉夫流亡家庭，人们把他视为国家的叛徒。也许他们会去澳大利亚，他的妻子说。恩里克听着，但他不明白他们在谈论什么，不明白这个托依奥是什么人。

他很快乐，仿佛从未这么快乐过。他周围的世界终于平静了下来，在恶劣的天气之后，海浪不再狂暴地拍打着海岸，咆哮声被掩盖在悄声退下的潮水中。万籁俱寂，这样很好。有几次，在海滩上的洞穴里，他在弯腰时失去了平衡，跟跟跄跄的最终不得不靠在岩石上。还有一次，他没法回家，他一定比想象中走得更远，也许最终到了巴萨尼亚。一位臀部宽大的妇女，有着农民的皮肤与皱纹，她半闭着眼睛坦然微笑，挽着他的胳膊。他认识她，但一时记不起她的名字。几分钟后他回到了家。

葆拉来拜访他，在海滩上找到了他。他靠着利妮的手臂，看着海浪翻滚而来。太晚了，已经是一九五九年的十一月了。恩里克只用一个字回复她，不停地摇着头。葆拉倚靠在一棵树上，就像她在那年的十月十七日听到卡洛的消息时靠在一件家具上那样。

在松林里，人们搭起营地和小屋，他们劳作，敲下地桩，但这群人什么都不懂，总是忘记拿走敲下的桩子。恩里克会停下来，把桩子给拔出来。这很费劲，那群人又什么都不懂，他们从他手中取走桩子，插回原来的地方，那些错误的位置。但他们非常友善，还会把他送回家。他想解释说他们做错了，但他说的话语含糊不清，大概是他不懂克罗地亚语吧。

跟利妮在一起时他也不怎么说话，但一切都很好。利妮给他脱衣服，把他放到床上，她也躺下，两只手抱着他。他闻到了她皮肤的味道，干燥而酸涩，像一朵野花。他一直喜欢这味道，他依稀记得一些东西，但他不知道是什么，他把他的手向她伸去，但他犹豫不决地停了下来，搭在床单上。利妮温柔地抚摸了他一下，便起身到她的床上去睡觉了。

当他们把他带到科佩尔的医院时，他谁也不认识了，几天后他们把他送回了家。当他们把他扶下救护车时，搀扶着他的布斯达钦的妻子看到他抬头朝四周看了看，又朝天空望去，看着红土地、松树的树冠与远处的大海。在他面无表情的脸上，有那么一瞬间，几乎有一丝笑容。他们把他放在床上，让他一个人待着。利妮知道这是他的愿望，便从房间里出来，看着他缓缓关上了门。

恩里克躺在床上，盯着墙上的一块污垢，一处污点，一条裂缝。卡洛的灯照亮了它，这块污垢扩大了、裂开了、收缩了，它是一条鱼的鳞片，一座小岛，一只猎鹰贪婪的眼睛，一个乳头，一手握紧的沙子撒开，在教室的灰色中洇开的墨水。缝隙在阁楼上叔本华的画像旁裂开，灯影摇曳，让墙壁开始颤抖。尼诺移动油灯，卡洛的眼睛在黑暗中燃烧，遂沉入棕色的水中。葆拉抬起睫毛，大海向四下蔓延，一只膝盖有点疼痛，但不久后，疼痛也消失了。灯的油满溢而出。身体就像一个气球，被一个孩子用尽全力地吹着，气球内有光，不断扩大，占据了整个天空的球体，洁净平稳而一致的光线。别的什么也没有，没有人听见气球被松针扎破爆开时发出的些微声响，或是灯油浸没火焰前发出的噼啪声，随后寂灭。

一九五九年十二月五日之后的事情可以很快说完。利妮在那个房间里为恩里克守了一夜，那一晚与之前的众多夜晚并没有太大区别。她认真地看着他，没有哭泣，时不时拉起他的一只手。她把他埋在萨武德里亚墓地，并继续住在那座房子里。十四年的时光就像她小时候玩的那些中国套盒一样，一个接一个地落下，葡萄酒和佩林科瓦克酒在暗淡的光线中将它们冲走，在某些日子里，你无法分辨是上午还是下午。她对前来探望的侄子们说，在他眼中，我与卡洛相比不值一提。和布斯达钦夫妇在一起时，她常常很粗鲁或心不在焉，但有些晚上，她和老妇人坐在橄榄树下，那张宽大的脸带着嘲讽与善意，这让她感到平静。

葆拉于一九七二年去世。她写道，相比里克的死，最后一次与他相见的情景更为令她痛心。一九七三年十二月十三日，人们发现利妮躺在楼梯下，已经死去多时。她一定是从楼梯中间的平台上摔下来的，那里有些放瓶子的架子，她的头骨摔骨折了。亲戚们在葬礼结束后整理了一些书籍和文件，甚至包括托尔斯泰的信，把剩下的书与文件放进有球形把手的大箱子里，箱子一直在那儿，靠近窗边。莉娅拿了油灯，把它送给她的女儿安娜，她住在戈里齐亚，嫁给了卡洛母亲的亲戚卢扎托。

十年后，米歇尔施塔特作品的新校勘版问世，因其严谨与完整而被视为经典。在由各类出版物汇集而成的《书信篇》的某个注释里，编者将恩里克·穆罗伊勒的死亡时间提前了二十六年，视他于一九三三年逝于乌马格。

Claudio Magris
UN ALTRO MARE

图字：09－2020－575 号

图书在版编目(CIP)数据

另一片海/(意)克劳迪奥·马格里斯著；成沫译
. —上海：上海译文出版社，2023.8（2025.9 重印）
ISBN 978－7－5327－9381－5

Ⅰ.①另… Ⅱ.①克…②成… Ⅲ.①短篇小说—意
大利—现代 Ⅳ.①I546.45

中国国家版本馆 CIP 数据核字(2023)第 126468 号

另一片海	Claudio Magris	出版统筹 赵武平
	克劳迪奥·马格里斯 著	责任编辑 李月敏
Un altro mare	成沫 译	装帧设计 柴昊洲

上海译文出版社有限公司出版、发行

网址：www. yiwen. com. cn

201101 上海市闵行区号景路 159 弄 B 座

上海盛通时代印刷有限公司印刷

开本 787×1092 1/32 印张 5 插页 5 字数 53,000
2023 年 9 月第 1 版 2025 年 9 月第 3 次印刷

ISBN 978－7－5327－9381－5

定价：58.00 元